KB188198

비밀의 집

김원호 시선

이 도서의 국립중앙도서관 출판예정도서목록(CIP)은 서지정보유통지원시스템
홈페이지(http://seoji.nl.go.kr)와 국가자료공동목록시스템(http://www.nl.go.kr/kolisnet)에서
이용하실 수 있습니다. CIP제어번호: CIP2018017109(양장), CIP2018017110(반양장)

비밀의 집

김원호 시선

시인사

『비밀의 집 – 김원호 시선』을 펴내며

이 시선집은 막 예순을 넘은 제자들이 이제 여든을 바라보는 스승 김원호 시인께 드리는 작은 선물입니다. 물론 김 시인의 시를 사랑하는 독자들을 위한 선물이기도 합니다.

제자들은 화동의 교실과 교정에서 김 시인이 또박또박 써 내려간 정갈한 시편들을 읽으며 10대의 한 시절을 보냈습니다. 훌쩍 큰 키의 김 시인이 낭랑한 목소리로 세상의 온갖 시들을 설명해주실 때에는 그 수업 자체가 시의 나라로 변모하곤 했습니다.

그런 시의 나라에서 살아본 사람은 압니다. 그런 경험이 그 이후 삶의 격조와 체취에 어떤 영향을 미치는지를. 지금도 시 또는 글 주변을 얼씬거리고 있는 제자들로서는 김 시인께서 베풀어준 시의 향연에 큰 젖줄을 대고 있다고 고백하지 않을 수 없습니다.

그런 은혜에 감사하는 마음을 담아 이 시선집을 펴냅니다. 못난 제자들의 철늦은 제안을 기꺼이 받아주신 김 시인께 감사드립니다. 이 시선집에 실린 작품들은 김 시인께서 직접 선정하셨습니다.

발문은 김 시인의 후배인 최민 시인이, 해설은 역시 후배이자 제자인 이성복 시인이 맡아주셨습니다. 이런 군더더기 없는 글들로 이 시선집의 품격을 한층 높여준 두 분 시인께 각별한 감사의 뜻을 전합니다.

과거에 김 시인의 작품들에 대해 쓰인 시론들 가운데 김윤식의 「'과수원'의 심미의식」(≪시인詩人≫, 1969. 12.)은 이 시선집에 재수록했고, 김재홍의 「유년 시절과 과거적 상상력」, 이가림의 「시인과 그의 그림자: 김원호의 상상적 우주」는 시집 『광화문에 내리는 눈은』에 수록된 바 있어 여기에서는 제외했습니다.

이제 이 시선집의 발간 이후에 김 시인께서 다시금 열어나갈 시의 나라는 어떤 것일지 궁금합니다. 미래의 독자들은 과거의 독자들과는 얼마나 다르게 김 시인의 시를 독해할지도 궁금합니다. 앞으로 다가올 시간 속에서 김 시인께서 그런 궁금함에 답할 수 있도록 더욱 건강하시고 건필하시기를 기원합니다.

2018년 봄에

김원호 시인의 제자들 중에서

김창희金昶熙 · 장석張碩 · 최만섭崔萬燮 · 최민崔民

차례

광화문에 내리는 눈은

김원호의 시세계

시간의 바다

시간時間의 바다

가을이 깊어가는 시간時間에

말을 타고

나는 바다를 보고 있었다

해는 하늘을 가로질러 가만히 떨리고

바다는 나를

이상한 부끄러움으로 싸안는다

바람을 갈라 갈기를 날리며

말을 달리고

금金빛으로, 붉게, 다시 어두운 남색藍色으로

변하는 물결에 유혹誘惑당한다

말을 멈추고

오 오 오 오 모음母音으로 소리치는 물결을

넋을 놓고 바라본다

신神의 목소리를 착각하며

환상幻想의 음계音階를 손가락으로 하나씩 짚어 본다

움직이는 시간時間 속에서

아무 말도 하지 않고

나는 고뇌苦惱한다

말과 바다와 깊어가는 가을을

모두 잊어버리고

갑자기 힘껏 박차拍車를 가加한다

말은 놀래 미지未知의 바다로 뛰어든다

고삐를 꽉 잡고 촉수觸手를 세운다

어두운 물결에 허덕이며 말을 채찍질한다

차디차게 식어가는 가을바다 속에

거센 말의 숨소리를 들으며

시간時間의 바다를

나는 아득히 표류漂流하고 있었다.

1968

여자와 인형

여자가 인형을 사랑하는 건
불안을 메우기 위해서라고
인형을 바라보고 속삭이는 건
참을 수 없는 외로움 때문이라고
어려서부터 그렇게 자라나는 걸
누이의 모습에서 문득 보았다
찻잔을 마주하고 앉아 있는 당신
소녀쩍 인형을 안고 있는 사진에서
무슨 이야기를 찾아낼 수 있을까
수레바퀴를 굴려
가슴을 아프게 가로지르는
쓸쓸히 젖은 눈
지울 수 없이 또렷이 살아 오르는
아아 애처로운 연민憐憫의 여자
포근한 믿음에 싸여 있는
의젓한 모습에서
지금은 아무 것도 찾아낼 수 없다
머리 숙여 조용히 바늘만 놀리고

작은 행복에도
얼굴을 붉히는 당신
여자가 인형을 멀리하는 건
이제는 성숙成熟한 때문이라고
말없이 고개만 끄덕임은
숨 가쁜 기대期待에 찬 대답이라고
그렇게 사랑이 익어가는 걸
아내의 얼굴에서 찾아보았다.

1967

햇빛이 타는 강

아아 눈부셔라

저녁 무렵

햇빛이 타는 강

마지막 불꽃에 너울지는

빛나는 여자의 얼굴

쉐라의 풍경風景 속에

우리의 사랑은 율동적律動的이다

노를 저어

부드럽게 물결을 갈라

미끄러지는 긴장緊張

선글라스 속에서

해는 백열白熱한다

언덕은 검어진다

원주圓柱를 돌다

마주보며 환한 웃음

강 위에 흔들리는 그림자

너는 내 안에서 점점 자라는구나

눈을 감고

아아 황홀해라
얼굴 구석구석 물들어 오는
갓 피어난 장미薔薇의 빛깔
울렁이는 가슴에 퍼져 가는
저 신선新鮮한 향기
어기어차
힘찬 우리의 깊은 사랑
햇빛이 타는 강 위에
이글이글 빛나는 여자의 얼굴.

1966

꽃노래

꽃의 도시
프로렌스에서 온
봄의 여자 '프로렌스'
바람 부는 언덕 너머
다투어 피어나는
양지쪽의 새파란 꽃들을 보았니
삼杉나무 우거진 여울 건너
휘돌아드는 골짜기
바구니에 가득히 과일을 담고
흰 허리에 철철 넘치도록
걸어놓은 보석 순백純白의 꾸러미
꽃 사세요 꽃 사세요
내 꽃 사세요
지분脂粉내 풍기는 너의 모습은
순진한 내 눈을 아프게 한다
물결치는 머리칼
파묻은 얼굴
어지러운 내 손은 방황하누나

밝은 햇살 속에서

우리는 부끄러워

나이 들어 거칠은 오오 마음아

깨끗한 은전銀錢을 짤랑거리며

‘프로렌스’ 너는 성숙成熟한 여자다

온몸을 꽃으로 꾸민 네 앞에서

나이 들어도 슬픔을 참을 수 없다

봄의 도시

프로렌스에서 온

눈부시게 환한 꽃의 여자

숲을 돌아

마주친

막다른 벼랑에서

은근히 눈짓하는 나를 보았니.

1966

오베르뉴 고원高原의 까마귀

까욱까욱
숨막히는 오베르뉴 고원高原에서
날갯죽지마다 검은 욕망으로
무거운 바람을 끌고
흔들리는 기류氣流에 죽음을 향하여
밤새도록 당신은 무어라 외치는가

어젯밤은
고성古城의 낡은 층계에서
한 줌의 사랑을 유산流産하고
각하閣下의 뒤흔드는 분노처럼
먼지 묻은 약속을 산산이 흩날리고
벌거벗은 몸뚱이로 오래오래
입맞추던 작은 골짜기에서
메아리로 화답和答하는 우리 목소리는
바다를 향한 손짓 아래
그렇게 말없이 떨리는가
온종일 묵묵히 술잔만 기울이던

오베르뉴 고원高原에서
멋없이 고갯짓하며 날개를 퍼덕이며
다시는 오지 않으리라던 그 사내를
덧없이 기다려 봄은 웬일인가

비가 내리고 우레가 울고
함빡 젖은 채 터덜거리며
가야 할 백 리 길을 손으로 세며
피곤한 음모陰謀를 펼치는 당신은
오늘밤은 아무런 사랑도 얻지 못하리라

안개 속 낡은 고성古城을 생각하며
스며드는 진혼곡鎭魂曲의 나팔소리를 들으며
전쟁이 지나간 습지濕地마다
초라하게 흐느끼는 연인戀人들
이제는 아무도 오지 않는
숨막히는 오베르뉴 고원高原에서
묵묵히 붉은 술잔을 기울이고
흔들리는 먼 바다를 향하여
빙긋이 웃음을 던지고

까욱까욱

음산한 바람을 안고
당신은 무어라 외치는가.

1963

위험危險한 아이는

― 최민崔旻에게

위험한 아이는 자란다.
위험한 아이는 내 안에서 서마서마 커난다.

텅 빈 여름, 어둠이 깃드는 따뜻한 선혈鮮血 속에
날카로이 집총執銃을 하고
도마뱀이 기어가는 풀숲에서
해제解除한 나를 기다린다

복병伏兵하는 밤
침몰沈沒하는 바다
나의 위험한 작은 아이는 습濕한 풀숲에서
집총執銃한 채 전쟁을 선포宣布한다.

검은 피부를 들내놓고
희죽이 웃으며
미끄러운 붉은 바다 위로
천천히 닻을 올린다.
푸른 수목樹木이 싱싱히 자라는

작은 언덕을 향하여
깃발을 흔들며 목청껏 노래 부른다.

……월러루……레이호……월러루……

끈적이는 선혈鮮血 속
붉은 바다
복병伏兵하는 밤

위험한 아이는 달아난다.
무장武裝을 해제解除한다.

우리 모두 집총執銃하자. 닻을 내리자.
도마뱀이 기어가는 풀숲에서
자라나는
위험한 아이는 감시監視하자.

1963

동굴洞窟, 퍼덕이는 박쥐여

해 질 무렵
어둠과 어둠의 기류氣流를 따라
불규칙한 포물선을 그으며
험악한 바람을 휘젓는
시꺼먼 동굴洞窟 속의
퍼덕이는 박쥐여.

불안한 바람에 섞여 오는
축축한 저녁 안개 속에
잿빛 눈초리로 흰 얼굴을 드러내고
희희 웃으며 어지럽게 다가오는
킥킥거리는 찢어진 양산陽傘 자락이여.

죽음의 바람이 휘도는
열리지 않는 동굴洞窟 앞에서
서성거리는 나에게
몇 번이고 고독한 눈망울을 굴리며
당신은 차디찬 손을 내민다

죽음의 피곤한 움직임으로
온종일 헤매던 골목에서
아무 의미도 없이
당신은 헛된 웃음을 강요强要한다.

강요强要된 사랑과
강요强要된 자유와
강요强要된 죽음 속에
오늘도 구슬프게 나팔을 부는
허연 나의 두개골頭蓋骨

서투른 자세로 우두커니 서서
온종일 총을 겨누던 가시철망 앞에서
모두 빈손을 벌려 횃불을 잡는다.

우리의 어두운 동굴洞窟을 향하는
줄 지은 횃불의 대열隊列
찢어진 날개를 축 늘어뜨리고
동굴洞窟 벽에 거꾸로 매달린 박쥐여

험악한 죽음의 바람은 지내고
가만히 웅크리고 있는 음산한

동굴洞窟.

....

불길한 기류氣流를 따라
다시 퍼덕이는 박쥐여.

1963

이 거룩한 밤에

방황하지 마라 아브라함이여
불쌍히 웃음 짓는 가난한 이의
터지는 눈물을 가리지 마라
서러운 눈초리의 전쟁 속에
눈 내리는 초소哨所에 선 젊은 병정과
물밀어 오는 분노에 부릅뜬 눈으로
우릴 향해 고함치는 늙은 황제皇帝의
험악한 웃음을 탄嘆하지 마라
사랑을 잃은 계집애들과
고향을 잃어버린 나그네들과
모두 유혹하는 이 거룩한 밤에
낄낄대며 거리를 헤매는
존경했던 아브라함 당신이여
전쟁과 간음과 질투로 뒤얽힌
텅 빈 이 커다란 광장에서
눈물을 흘리며 서 있는 당신은
참으로 행복하다
허연 수염을 눈바람에 날리며

점잖은 걸음새로 골목을 뒤지는
기쁨에 가득찬 당신의 나지막한 목소리는
정말 행복하다
미칠 듯한 함성과
미칠 듯한 대열隊列과
미칠 듯이 물밀어 가던 텅 빈 군중 속에
당신은 어쩌면 행복하다
험악한 바람이 휩쓸어 가는
이 거룩한 유형流刑의 밤에
따스한 한 오리 촛불을 들고
거리를 헤매는 아브라함이여
유산流産된 영아嬰兒들의 합창 소리는
굶주린 뼈마디에 아로새기고
오늘도 지나갈 황지荒地길 위에
또 내일을 망각하겠는가
방황하지 마라 아브라함이여
존경했던 슬픈 당신이여
욕망과 웃음과 사랑으로
모두 유혹하는 이 거룩한 밤에
슬픔에 젖은 가난한 이웃의
내쉬는 한숨을 가리지 마라

1963

SUMMER TIME

목마른 오후
텅 빈 질그릇을 등에 지고
쇠사슬에 헝클어진 발목에 끌려
비틀거리며 학대虐待받는 사나이의
원망 없는 눈망울에
자라나던 숲은 쓰러지고
흩날리는 흙바람
부정不貞한 아내의 울음 속에
풍요豊饒한 골짜기 팔레스타인 숲으로
모래알을 튀기며 말을 달리는
당신은
약속의 제의祭儀를 기억하는가
이글거리는 햇빛 아래
무릎 꿇은 자세로
먼 이역異域에서 한숨짓는 어머니
전쟁이 오는 습지濕地에
가슴을 찢으며 합창合唱은 울부짖고
피맺혀 기어오른 황무荒蕪한 언덕에서

찢어진 수의壽衣자락을 바람에 날리며
아무도 영아嬰兒의 죽음을 울지 않는다
검은 태양이 온종일 달구어 놓은
청동십자가靑銅十字架에 매달린 이야기는
떨리는 창의 손짓 아래
아무도 잊지 못한다
흔들리는 눈물과 터지는 재즈와
광란狂亂하는 여인의 텅 빈 웃음소리
아니면 그건 빈 하늘에 퍼지는
낯선 사내의 조용한 말소리
퍼붓는 태양마다
붕괴崩壞하는 발자국은 어지럽게 머물고
당신은 오후에
풍요豊饒한 팔레스타인 숲으로
모래알을 튀기며 말을 달린다.

1963

성^聖 프란체스코 승원^{僧院}

성^聖 프란체스코 승원^{僧院}의 종^鐘이 울리면

가엾은 당신의 비둘기 떼 속에

허청거리며 나의 세 제자^{弟子}는 걸어오고

목마른 정오^{正午}

혹 흐린 날이면

경건^{敬虔}히 하늘을 향해

음침한 창을 열고

떨리는 손에 하나씩 잡은

숨 막히는 한 송이 꽃가지야

깊은 골방 방구석에 처넣어

존절히 자라나는 숲을 희롱하고

누구의 눈에든 외롭게 비치는

나의 헛된 순교^{殉敎}의 모습이야

붉은 바위 그늘에 앉아

열렬히 가슴 설레는 그런 사랑으로

십 년이고 백 년이고 기도^{祈禱}하며

새로운 또 하나의 나를 생각하고

텅 빈 황무지 해골이 뒹구는

흙바람 이는 메마른 골짜기에

낯선 사람을 기다리며 서 있는

나의 세 제자弟子는 누구인가

사랑하는 사람과

간음姦淫하는 사람과

그리고 혼자서 자라나는 사람과

모두 허청대는 다리로 버티고 서서

성聖 프란체스코 승원僧院의 종鐘소리를 듣는다

아무도 내다보지 않는 열려진 창 앞에서

떨리는 손아귀에 하나씩

환한 꽃가지를 잡는다

그것은 강요强要된 웃음

누구라도 할 수 있는 얼빠진 사랑

당신은 열뜬 아우성 속에

두려운 눈망울로 나를 지켜보는데

목마른 정오正午

성聖 프란체스코 승원僧院의 종鐘이 울리면

붉은 바위 그늘에 경건敬虔히 앉아

당신은 숨 막히는 헛된 순교殉敎를

가슴 설레며 다시 시작하는 것이다.

1963

해협 海峽

해협 海峽은
터지는 불꽃으로
아픈 상처를 드러내고
황색 바다 갯벌을
파닥거리는 물결로 덮어 버린다.

조각난 얼굴을 들고
흐느껴 울던 우리 연인戀人들은
전쟁이 오는 길목에
우짖는 짐승에 놀래
격리隔離된 기항지寄港地
바닷마을로 돌아온다.

겨울을 기다리며
뜻없는 우리이 동굴洞窟을 수선하며
누굴 위하여 무릎 꿇어
오후의 어두운 합창合唱을 들어야 하는가.

산호나무 사이 밀려드는 물결
습지濕地에 하루 한 번씩 쏟아지는 소나기
속삭이고 사랑하고 날뛰는 바다로
아침마다 출범出帆하는 하얀 병원선病院船

골짜기에 뒹구는 해골을 안고
쩌르렁 우는 짐승을 나는 모른다.

메아리도 살지 않는 죽음의 동굴洞窟에
보듬어 보는 얼굴, 쓰러지는 램프
어둠 속에서 나는 울음을 삼킨다.

불꽃으로 덮인 해협海峽에서
온종일 울부짖는 짐승
피 묻은 채찍질에 뒤흔드는 바다

밤새도록 부풀어 오른 조수潮水는
격리隔離된 기항지寄港地에 내란內亂을 일으키고
연인戀人들은 부둥켜안고 아득한 표류漂流를 한다.

1963

전쟁과 비둘기

1

석양의 비둘기 떼는
금빛 날개를 퍼덕이고
휘이휘이 파람 부는 해골들은
따스한 잔디 아래 자리잡는다.
소소리바람 흐느끼는 골마다
나의 항해航海는 계속되고
밤에도 푸른 불을 밝히는 나의 눈망울에
고향은 영원히 잠들지 못한다.
이제는 조그만 위안도, 따뜻한 태양도,
부드러운 여인의 음성도……
아무도 없는 텅 빈 그림자 속에 망각忘却한다.

2

원圓을 그리며 돌고 있는 비둘기 떼.
포플러 늘어서 있는 먼지 나는 국도國道
그 위로 많은 트럭과 전차戰車가 흘러갔다.
안개 낀 연병장에서 우리는
죽음을 약속하지는 않았다.

햇빛에 반짝이는 총신銃身과
땀에 젖은 군복을 입고
달리며 포복하며 전진하였다.
욕망이 일어나는 고요한 정오正午에도
군가를 부르며 황야로 행군하였다.

3

비둘기가 날아가 버린 강江가에서
기억나지도 않은 여인의 얼굴을 그리며
스무 살이 넘은 내 모습이 갑자기 떠오른다.
지금쯤은 어느 강하江河에서
낚싯줄을 당기고 있을 또 하나의 나.
여인은 거울에 성장盛裝한 모습을 비추고
가벼운 눈짓으로 나를 유혹한다.
번쩍
나의 손에 쥐어진 총신銃身
작열灼熱하는 파편
나의 총구銃口는 그네의 젖가슴에 겨누어진다.
뒤덮인 안개는 차츰 개고
내 앞에 검은 철조망이 가로막는다.

4

비둘기 떼는 둥지에서 잠들고
지금은 적막한 자정子正.
차가운 별빛 속에 터지는 신호탄은
아름답게 교차交叉하고
따뜻한 나의 군번표를
얼굴에 가만히 비빈다.
숨쉬는 나무 바위 흐르는 강江줄기
외로운 참호에서 음악을 착각한다.

5

그 날
비둘기 떼는
나의 총구銃口에 하나씩 사살射殺되었다.
그리고
터지는 조명탄에
흰 몸뚱이의 시체를 보았다.
그 후
우리는
푸른 하늘을 잊어버렸다.
검은 바람이 부는 어느 날
현악의 바이브레이션을 타고

우리도 비둘기처럼

하얀 촉루髑髏가 되었다.

1962

순수 純粹

1

꽃을 한아름씩 안은 순수한 여인들은 부끄러운 곳을 가린 채 비스듬히 누워 따스한 입김을 날리며 은밀한 말을 속삭이고 겸허로이 익어가는 원색原色의 과일을 바라보며 은근한 눈짓을 하고 있었다. 처음 가느른 숨결로 서성대 보던 과원果園에서 크나큰 사랑으로 정貞한 육체를 가지런히 하고 순수한 마음으로 신비한 하늘을 보며 자꾸만 무엇을 바라며 무엇을 기다리는 것이다.

2

몸에 아무것도 걸치지 않은 사나이는 마음을 못박힌 채 자비스런 모습으로 눈을 감고 있었고 여인들은 저마다 꽃을 가지고 단정히 손을 모은 채 고개 숙이고 있었다. 서로 마주 대하던 그 하늘 아래서 이제는 부끄럽지도 서럽지도 않은 순수한 마음을 기다리고 정正히 간직한 색깔들을 하나씩 놓아 보며 저마다 자기 길로 떠나버린다. 이제는 엇바뀐 시선視線의 자세. 여기서 보는 하늘이나 저기서 보는 하늘이나 슬프기는 매한가지인데 여인들은 마음을 못 박힌 채 눈을 감고 있었고 사나이는 순수한 꽃잎을 자꾸만 얼굴에 비비대고 있었다.

1961

전쟁이 끝나면

꿀벌이 날아들던
밤나무 숲
오후 여섯 시
우리의 전장戰場은 처절悽切하였네
타는 저녁 해
길게 덮여 오는 산그림자
화약내 거스른
골짜기 풀밭 위 누운 사내
전쟁이 끝나면
무엇을 한다고 하였나
전쟁 전
그는 평범한 남편
저녁마다 집에서 알뜰한 식사
휴일엔 강여울에 낚시질하던
인생을 즐길 줄 알던 사람
모든 건 한낱 꿈이었네
늙어선 농장에 파묻혀
병아리나 기르며 살리라던

자그마한 희망은 사라지고

자전거를 사 달라던 어린 자식

칭얼대던 눈망울이 선하네

밝은 햇살

마지막 불타는 하늘

겨우 이곳에 위치位置하기 위해

우리는 긴 날을 살아왔나

열차로 트럭으로

다시 도보徒步로

항상 긴장하며 피곤하던 눈

얼굴을 가리고

혼자 평안을 간직할 수 있네

전쟁이 끝나면

먼저 그는

무엇을 한다고 하였나

수런대는 갈대숲

길게 낚싯줄을 늘이고

햇볕에 타는 강을 바라보는 기쁨

하늘을 향해

맘껏 웃음을 터뜨리라던

자유로운 그 앞에

우리는 바랄 게 아무것도 없네.

1966

불면不眠의 밤에

비 오는 명절名節을 위하여
그는 정성스레 수繡놓은
'프시케'의 상像을 주었다
군번표軍番表와 함께 목에 걸고
전선戰線으로 떠났다
밤이면 전초지前哨地에서
은회색銀灰色 얼굴로 미소짓는
맑은 이오니아의 물결이
잠들 듯이 나에게 덮쳐 왔다
모포毛布를 쓰고 숨죽여 울던
이등병二等兵 시절時節
그는 니에게 많은 이야기를 한다
비 오는 바닷가
흩어진 꽃방석에 앉아
둘의 입김으로 가느다랗게 피리를 불던
부드러운 무릎
충일充溢한 가슴을 맞대고
우리는 몇 번이나 흐느꼈던가

희미한 촉광燭光

감광판感光板 위에

우리의 모습은 어렴풋하다

가을비의 차디찬 기온과

병사兵士의 숨소리만 느껴진다

물기에 젖은 수피樹皮같이

더운 내 가슴 위에서

'프시케'의 상상像이 미끄럽게 뛰논다

비 오던 명절名節을 위하여

가만히 뺨에 대어 본다

고운 '프시케'

내일은 출동出動이란다

밤을 새우던 동굴洞窟

그 곶[岬]을 따라

내일은 새벽에 빗속의 행군行軍이다

서로 가깝게 숨을 쉬자

이 불면不眠의 밤에

두려운 우리의 심장心臟은

아직도 두근거리고 있으니.

1965

아저씨

　긴 겨울을 포경선捕鯨船에서 지내고 돌아오신 아저씨. 무릎에
앉아 요정보다 더 재미나고 무서운 얘기를 듣고 싶어요. 장닭을
잡아 피를 뿌리며 색안경을 쓰고 바라보던 강한 적도赤道의 태양
하며 그 반짝이는 새파란 날치의 행렬行列, 신선하면서도 역겨운
바닷풀 냄새, 그건 역逆으로 치닫는 장의사葬儀師바람, 바람 잔
조용한 밤이면 인광燐光을 뿜으며 해파리들이 떠올랐다구요. 그
후 밤마다 피와 눈물로 얼룩진 더러운 한 쪽 눈을 가리고 목발을
짚은 아저씨의 모습을 보곤 했지요. 거품으로 들끓는 밤바다 위에
갈고리 의수義手로 횃불을 밝히고 고함치는 소리가 아직도 들리는
것 같아요.

　먼 항해航海에서 돌아온 아저씨는 나에게 영롱한 오색구슬을
주셨고, 나무칼을 들고 냇가에서 아이들과 애꾸눈 해적놀이를 하
곤 했지요. 교실에서 나는 자랑스런 어린 제왕帝王, 마을에 온
서커스보다 더 인기였어요. 포경선捕鯨船이 돌아오는 봄이면 깜짝
놀랄 선물을 은근히 기다렸어요. 정성스레 나룻을 다듬은 항상
멋지고 근사한 아저씨. 그러나 우리 아버지는 눈살을 찌푸려 못마
땅해했어요. 땅이나 지키며 흙이나 만지며 이 세상을 사시겠다구
요. 하지만 아저씨. 나는 아저씨를 따라 멋진 수부水夫가 되고

싶어요.

　지금은 등의자藤椅子에 기대어 낡은 사진첩이나 보며 각국에서 수집한 사치한 마도로스 파이프를 만져 보며 가끔 자연紫煙을 날려 먼 하늘을 바라보는 늙은 아저씨. 붉은 태양, 금金빛 피리 소리를 내며 들끓는 바다, 아름다운 모음母音으로 혈관血管에 흘러드는 소리, 저 소리가 들리시나요. 던져 버린 닻. 깊은 심연深淵 속에 누워 있는 배. 날카로운 산호珊瑚들이 뿌리박아 뒤덮어도 노오란 깃발을 날리며 달리는 모습이 내 기억에 아직 살아있어요. 꿈꾸는 누이들의 얽힌 머리칼을 헤치며 붉은 미쳐나는 피냄새를 맡으며 죽어 버린 시간時間. 초라한 겨울이 다시 오면 그 눈부시게 하얀 포경선捕鯨船이 꼭 돌아오길 기다리겠어요. 아저씨.

1966

애니 로오리

그 애조哀調를 띤
스코틀란드 민요 '애니 로오리'
부를 때마다
키 작으신 피천득皮千得 선생님
안경 사이 눈 감으신 얼굴이 떠오르네
오륙 년 전
영단편英短篇 시간이었던가
오후의 수업
모두 피곤한 졸음에 못 이길 때
선생님은 조용히 말씀하셨네
인간이 낭만에 젖을 때
사랑은 가장 순수해진다고
나는 아직도 기억하네
사랑하던 두 사람
대륙횡단열차를 운전하며
펜실베이니어 어느 지점
해 질 무렵에
기적汽笛으로 '애니 로오리'를 울리던 사람

여자는 기다리다 병들어 숨졌네

다음 '애니 로오리'도 들리지 않았네

그날 열띤 음성으로

노래 부르시던 피천득皮千得 선생님

찬송가에서 듣던 바로 그 곡조曲調

그 모습을 정말 잊을 수 없네

내 가슴에 오래 남아

애조哀調를 띠고 흔들리는

작은 미련未練은 무엇인가

인생의 낭만은

이미 지나간 위안慰安

또다른 기대期待인데

오늘 부르는 그 민요는

그때의 청순淸純한 기쁨이 아니네.

1966

유월에

장미가 피어남을
유월에
나는 보았네
국민학교 교정
수업시간이었던가
풍금 소리에 맞추어
아이들은 자라고
잠시 눈을 감고
헛된 생각을 하였네
십 년
아니면 이십 년 후
유월이면 여전히 장미는 피고
교정에는 아이들이 재잘거리고
낡은 담장
지워진 낙서 위에
나의 슬픈 얼굴이 떠오를 때
태어나고 자람이
오직 하나의 바램이라고

누가 감히 말할 수 있을까
어지신 선생님
눈물방울 속에
이마의 주름살은 더 늘어가고
귀여운 자식들의 손 붙잡고 가는
십 년 후 나의 행복이여
발돋움하여
창 밖에서 들여다보는 자리는
타계他界한 친구의 낯익은 자리
들린다
정다운 목소리는
이제는 늙으신 우리 선생님
장미꽃 터지는 유월에
나의 손은 가만히 떨린다
국민학교 때 내 자리에
커다란 눈을 가진 소녀가 앉아 있어.

1965

아내학교

어쩌면 골목 어귀
수줍은 눈으로
늘 마주치던
가랑머리 딴 소녀애였어
아침마다 가벼운 휘파람을 불며
일부러 휘돌아 가던 골목길
겨울이면
흰눈 사이 옷깃을 세우고
낭만에 젖어든 가슴으로 바라보았어
방과放課 후면 퐁퐁 정구를 치고
목소리를 가다듬어 음정 연습을 하던
귀여운 아내여
언제나 참새같이 조잘거리고
하찮은 비밀도 곧잘 감추는
가랑머리 딴 소녀애를 기억해
담장이로 덩굴진 음악실
단조롭게 들려오는 피아노 소리
오늘도 여학교 담밑을 지나며

문득 당신을 생각했어
작은 일에도 안쓰러워하고
대리석같이 차갑기도 한
그런 소녀는 아무 데도 없었어
보이지 않은 시간 속에 죽어 버렸어
이제는
사랑도 미움도 시새움도 없는
생활에 지친 아내여
밤새 눈으로 많은 얘기를 하고
새벽이 될 때까지 하나씩 별을 세며
그렇게 조촐히 살아가는 당신
여학교 담모퉁이
장미꽃 가지를 들고
수줍게 미소짓던 모습을
오늘 아침 출근길에 찾아내었어
그렇게 가까운 데에 남아 있었어.

1968

영원한 여자

강한 장미薔薇꽃이 터지는
밤바다
해안선海岸線
조촐한 몸가짐새로
어깨에 기대어
그의 머리칼은 내 얼굴을 덮었지
부두에 정박碇泊한
마지막 출항出港의 배가
하나 둘 등불을 끌 때
나는 언어言語를 잃고
그의 머리 위 찬 이슬만 보았지
자장기로 출렁이던
밤물결은
유리처럼 잠들고
그 속에 깨끗한 거품을 일구어
미끄럽게 헤엄치는 여자
정성스런 두 눈은
자유로운 그에게

저절로 이끌리네

사귈수록 어려워지고

접근할 수 없는

깊은 맛이 울어나는 영원한 여자

나이 들수록 타산적打算的인

어리광을 함부로 줄 수 없네

다가오다 멀리 도망가고

수틀 앞에 앉아

밤새 바늘만 놀리는

더러 차고 더러 따스한 그런 여자

회한悔恨의 슬픔은 안으로 하고

멀리서 창을 통하여 그를 보네

천에 하나

만에 하나

빛나는 가치價値는

강한 햇빛

아무도 볼 수 없는

점점이 퍼지는 눈부신 본질本質

주위를 빙빙 돌다

사라지는 바람결에

그의 모습은 보이는 듯 없어지고

넘쳐나는 목소리

무엇 하나 알지 못하네
장미薔薇 향기와 안개 속에
얼굴을 가리고
밤새 수런대는 바다
손을 뻗치면 잡을 수 있는
가까운 거리에
그는 조용히 웃고 있네.

1966

눈이 고운 여자

파라솔을 든
눈이 고운 여자
햇빛이 따가워도
안경은 쓰지 말아야지
속에 아무것도 감춰 두지 않고
시원히 웃음짓는 눈이 고운 여자
청과점靑果店에서였던가
마주친 것은
일요일
산책길
시장에 들려
홍옥紅玉 같은 과일을 흥정할 때
사파이어· 루비· 에메랄드
온갖 보석을 쌓아 올려
빛나는 광채만큼 그보다 더
환한 웃음으로 바라보던
눈이 고운 여자
잊을 수 없는 올리브숲

맑은 피리소리처럼

그의 눈은 내 안에서 영원히 산다

몇 번이고 우연이 아니라 해도

내 속에 저절로 자라나는 사람

그 후 꽃집에서 만났던가

음악이 들리는 저녁 무렵

마티스의 정물靜物처럼

밝은 이야기가 가득찬

식탁에 마주앉은

아아 정말 눈이 고운 여자.

1965

조카딸에게

너를 아이로만 생각하던 건
바로 내 잘못
어느새 어른의 눈짓을 배워
섬세한 어깨를 슬쩍 내뵈는구나
춘정기春情期의 도드라진 가슴
젖은 눈
누가 너에게 작은 허리띠를 건넬까
머리의 장식裝飾을 좀 숫되게
미로迷路의 걸음걸이를 하지 말고
팔짱 낀 의젓한 모습에
나는 할 말이 없구나
숨 가쁘게 뛰는 심장心臟
한 마리 파닥이는 새
공중에 도는 피리소리를 좇아
너는 날아가려 하는구나
좀 이상해
옮기는 정情은
벌써 계절이 바뀌는데

혓바닥에 느끼는 산초山椒열매처럼
언제나 너는 앳된 미련未練이구나.

1965

로라 스케이트장場에서

세상을 살아가는 쓰디쓴 기쁨이란

겨울 한낮

햇빛 바른 빌딩 근처

로라 스케이트 타는 아이들을

바라보는 것

구 구 구 비둘기야

내 발밑에 앉아라

탁한 석탄연기는 건강에 해로워

누이는 뜨락에 콩을 뿌리고

찬 하늘에 쏟아지는 깃털

폐렴肺炎으로 죽은 아이는 스무 살이라구요

지나간 일을 생각하다니

겨울은 정말 너무 무정해

난롯가에 감도는 대화對話는

벌써 옛 일

작은 아가씨 머리채를 따라

눈동자는 도누나

가벼운 휘파람으로 기운을 내자

미로迷路의 마음은 나도 몰라

이렇게 가슴이 뛰는 것을

바람을 뚫고 들려오는 환성歡聲

자라나는 아이들

보금자리를 만들어

그래도 살아야지

누이는 말없이 콩을 뿌리고

외로운 비둘기야

내 발밑에 앉아라.

1965

금요일 밤

금요일 밤에
그 사내는 조용히 죽어갔다
흔들리는 램프 사이로
검은 얼굴을 들어
벽 위의 환상의 마스크를 쳐다보면서
묵묵히 그의 얼굴을 들여다보며
나는 이마 위에
가만히 한 손을 얹었다
붉은 포도주를 한 잔
입술에 적시고
서늘한 마음으로
그의 심장에 자꾸 귀를 대었다
가난한 한 주일은 불안 속에 지내고
이별의 피리 소리는
낡은 층계를 돌아
겨울비 속으로 흩어지는데
금요일 밤
그와 나의 자세는

정말 어색하였다

등불이 꺼지면

곧 오필리아의 대사臺詞가

그의 고독한 얼굴을 덮칠 것을 안다

가까운 사람마다 미련 없는 악수를 나누고

아무런 불만 없이 눈감을 걸 나는 안다

금요일 밤

빗물을 튀기며 걸어오던 사람

문 밖에서 작별의 긴 포옹을 하던 사람

불도 켜지 않은 빈 방

술잔을 들어 홀로

흐느끼는 목관악기木管樂器의 가락을 듣던 사람

나는 아직도

주점酒店에서 어깨를 툭툭 치던 그를 기억한다

말없이 싱긋 웃고 빗줄기 속으로 뛰어가던 사람

그는 이제 내 앞에 누워 있다

거센 숨을 겨우 몰아쉬면서

둔탁鈍濁하게 창문을 흔드는 소리

아니 삐걱이는 층계를 누가 올라오나

금요일 밤에

환상의 마스크를 쳐다보며

그 사내는 조용히 죽어갔다.

1964

우수雨水 날

피로웁다
강江가에 서면
청승맞은 쑥국새의 절기가 오고
얼음 풀린 강江줄기 어느 곳 자리할
되돌아오지 않을 물살에 흰 얼굴이 서러워라.

혼자 숨어서
모래밭에 흰 옷 입고 혼자 숨어서
여울목에 부끄러운 모습을 비쳐
입덧난 소녀처럼 피로운 웃음을 짓고
물살에 꽃잎처럼 종이쪽이라도 띠울까
흐르다가 마음 가는 데 멈출 날도 있을 거니.

이제는 완연한 우수절雨水節 날씨
찌뿌드드 부정不貞한 봄비가 오면
이승 뜬 누이의 흐느끼는 모습

여윈 얼굴 두 손으로 시름하면

스며오는 미련은 어찌하리.

뿌연히 가슴쳐 오는 강물 소리
아무것도 얻지 못한 채 자리를 떠나고
소근대며 물결치는 참 많은 얼굴
스무 해를 또다시 서럽게 살까.

느릅나무 오디나무에 뿌리는 비
꽃나무 가지 속마다 물 흐르고
울렁이는 가슴으로 눈을 들면
얼음 풀린 강줄기 부풀어 오르는데
마음 드는 조촐한 곳에 자리하여
시름하며 여울목에 부끄러운 모습을 비출까.

1960

삼월三月 소묘素描

1 바다

바다는 음탕한 빛으로 웃음치고
물고기 모양 미끄럽게 파닥이고 있다.

울음 섞인 무녀巫女의 푸념짓 같은
원통한 바다의 숨소리

그래도 자꾸만 고독해지는
삼월 · 바다 · 봄

지친 모습은 모두 벗어 버린 채
죄罪 없는 눈웃음으로 답하여 본다.

2 꽃나무

나비로 푸르게 물든 하늘은
삼杉나무 내를 풍기고
환히 웃음 짓는 꽃나무를
울렁이는 가슴으로 바라본다.

오랫동안 아끼던 이들처럼
가슴 속에 심어 두고 싶은 꽃나무

삼월달
꽃이 피지 않아 서운스러워도
철마다 하나씩 피어나기를 바래본다.

3 누이에게
꽃밭처럼 널려진 섬 사이로
흰 물살 가르는 바다제비

바다제비 같은 누이는
저승에서 지금 무얼 하나

조그마한 슬픔에도 울음 못 참는
정말 눈물 많던 우리 누이

꽃샘바람 부는 삼월이면
언제나 네 앳된 모습을 생각한다.

1960

비바리

조가비를 닮은 비바리들은 잠깐 잊어버리고
바람 많은 돌파구니에 온종일 앉아
한나절 바다를 바라보다가
늠름한 비바리를 닮게 얼굴을 태우고
소나무끼리 마주치는 소리, 물결치는 소리를 들으며
해맑은 햇빛 아래 따갑게 하루를 보낸다.

그래도 동해만큼 푸른 바다를 보며 앉았으면
동해만큼 푸르게 몸이 젖은 비바리들이 되돌아오고
짠 바닷냄새에 까무스레한 얼굴이 판박히고
봄바람보다 더 거센 제주바람에 휩쓸린다.

눈이 별빛처럼 푸른 비바리들은
조촐한 사랑도 쏟을 수 있지만
풍나무 가시처럼 여무지게 시름을 감출 수도 있다.

한라산 꼭대기에서부터 어두워지면
바닷바람이 내치는 돌파구니에서 등불을 켜 들고
비바리들이 돌아가 버린 뒷속길을

동백나무 헤치며 헤매야 한다.

육지를 그려도 육지로 못 나가는 비바리
한라님의 노여움이 무서워보다
제줏바람, 돌무더기를 잊지 못함 때문이다.

그러나 하룻밤을 울어 새우면
시름도 어느새 없어져 버린다.

밤에는 온통 찬 안개가 뿌리고
제주휘파람새 한라산에서 울면
바람에 싸여 다니는 들말처럼 비바리는 큰다.

귤나무가 풍기는 냄새, 여울목 물결 소리
귤나무 오솔길을 따라 걸으면
제주 한라신 망아지가 된다.

1959

과수원

1

빈센트 반 고흐의 '과수원'을 아시는지요.

도깨비도 무서워할 고목뿐인 올리브숲이었지요.

불타다 남은 자리보다 더 쓸쓸한 곳이었어요.

어쩌면 내가 이런 숲을 생각하는지

나 자신 올리브숲의 도깨비가 되고 싶은 모양입니다.

2

벌레 먹은 가지를 하나씩 따 줄 때마다

나는 나 자신인 것을 잊어버리고

물익은 과일이 달린 과수원의 나무가 되고

나도 가지에 벌레 먹은 과수원의 나무라고 생각합니다.

하니, 고목뿐인 이 숲이 도깨비보다 덜 무서워지는군요.

3

똑, 똑, 가지 꺾는 소리뿐

이 과수원은 너무도 조용합니다.

혹시 이런 곳에서 몸에 배인 병이나 씻어 버리며

도깨비가 될 때까지 살고 싶지는 않으십니까.

산골보다 더 조용한 것이 얼마나 마음에 드는지.

4

잔잔하고 푸른 먼 이오니아바다처럼
쓸쓸한 여름날 같은 하늘도 보입니다.
조용한 원색_{原色} 속에서 생활을 하며
향기 푸른 과일밭에서 일을 하시면
어느새 병도 깨끗이 나으실 것입니다.

5

푸른 달밤에 과일이 익을 때
과수원 옆에 초막을 짓고 지내시면
단물 고인 과일나무가 되시겠습니다.
그러나 사람이 보고 싶으실 땐 언제라도 돌아가시지요.
그래도 우리 이 과수원에서 도깨비가 될 때까지 살고 싶지는 않으
십니까.

1959

자작나무

흰 자작나무 숲 속에 초막을 짓고
소박맞은 새댁같이 홀로 살고픈 마음에
온 일년내 메아리 소리 하나 없는 골을 찾다가

아르레한 푸렁 잎새 고산식물들 때문에
무서움에 못 이겨 조심히 다시 한 마루를 넘고

기진하여 칡넌출에라도 걸려 넘어지면
자리잡아 일년을 살으리라 마음먹어도
머루덩굴도 없는 마냥 고산식물 숲뿐이라.

긴장하여 비탈길을 기어내리면
그래도 마음에 드는 이 산들이
마음씨 고운 벗들처럼 되살아 오고

내가 죽어 이 산에 묻히면
흰 자작나무 가지를 한 움큼 가지고
소복素服하고 오실 임이 있으리라.

내 그렇게도 이 산이 잊혀지지 않음은
그늘에 깃들은 서늘한 바람보다
어머님처럼 안기고 싶은
키보다 두 배나 큰 흰 자작나무가 살기 때문이다.

그래도 깊은 이 골은
봉에 봉마다 낀 구름이 보이고
아늑한 바람소리가 들려오고
이처럼 이 골에 살고픔에 적지 아니 마음 흔들린다.

아무리 이끼 낀 바윗돌이 미끄러워도
팔백 리 흘러온 실강물에
소나기 올 듯 하늘 흐리운 날

자작나무 숲 속에 홀로 살고픈 마음에
일넌내 메아리 하나 없는 골을 찾아
다리를 절며 홀로 가겠으리라.

1959

불의 이야기

숲

그는 바람이 되어 숲을 달리고
그의 눈에 살고 있는 빛을 찾아
활을 든 채 바람 속을 뒤쫓는다.
나뭇가지 사이 흔들리는 햇빛
풀밭을 가로질러
물결치는 머리칼
욕망의 눈초리로 그를 보며
나는 잔학한 사냥꾼이 된다.
그늘 밑으로 다시 어둠 속으로
우리는 몇 번씩 숨바꼭질을 한다.
나무 밑에서 그는 숨을 몰아쉰다.
흔들리는 물결을 의식意識하며
그에게 한 발자국 다가선다.
들꽃은 발 밑에서 으깨어진다.
시선視線을 피해 그는 고개를 돌린다.
숲에서 우리는 아무 말도 하지 않는다.
가늘게 떨리는 손으로
꽃을 꺾어 그의 머리에 꽂는다.

숲에서 우리는 깊은 바다를 갖는다.
어둠 속에 그의 눈물을 간직한다.
머리칼을 쓰다듬으며
나는 속으로 용서를 빈다.
우리는 서로의 눈을 들여다보며
살아나는 불꽃을 찾아낸다.

1970

별

물 위에 뜬 별을 보기 위하여
우리는 다리 위를 걷는다.
잠겨 버린 태양을 생각하며
오렌지를 만진다.
바람 속에서
우리는 침묵하고
불의 기억과 죽은 이의 목소리를
떨리는 빛 속에 찾아낸다.
돌이 되어 구르는 슬픈 얼굴은
물 위에 던지고
별빛을 향해 젖은 공기를 헤치며
우리는 비상飛翔한다.
밤이슬에 반짝이는 우리의 날개
시간時間의 밖에서
빛을 모아 어둠을 밝힌다.
죽음의 자리를 지나
물 위에 뜬 별의 모습을 가늠한다.
별은 하나씩 살아 자리를 옮긴다.

눈으로 불꽃을 일으켜
우리는 방향을 확인한다.
숨을 멈추고
퍼덕이는 날갯소리를 귀 기울인다.
우리의 날개는 바람을 일으켜
서로를 불태우며 소모消耗한다.
별의 언덕에 닿을 때까지
우리의 항해는 게으를 수 없다.

1969

공기 空氣

여인은 시험관을 흔든다.

햇빛 속에 조심스럽게 들여다본다.

침묵한 세계는 하나씩 살아난다.

빛의 입자粒子는 흩어져 나를 점유占有한다.

꽃가루를 착각하며 기침을 한다.

폐肺 속에 가득히 찬 공기를 느낀다.

그는 손바닥을 저어 바람을 일으킨다.

그의 눈을 의식하며 나는 흔들린다.

바람 속에서 증오의 말과 약속의 말을 가려낸다.

그의 표정의 여러 가능성을 생각한다.

무수히 건너지르는 언어 중에서 순수한 것만을 추려낸다.

순수한 것은 흩어져 진공眞空 속을 떠오른다.

손을 들어 움켜잡으려 애쓴다.

벽은 사방에서 엄습해 온다.

좁은 공간 속에서 햄머를 휘두른다.

그의 눈을 들여다보며 절망한다.

아무것도 남지 않은 여백餘白을 위하여

나는 눈을 감는다.

1969

불의 이야기

불의 이야기를 위하여 우리는 난롯가에 앉는다.

석탄을 넣으며 그것이 어떻게 빛을 내고 열熱을 내는지를 말한다.

흐르는 시간의 한 부분을 위하여 얼마나 많은 불의 입자粒子들이 우리 주위를 도는가 생각한다.

별들의 운행運行하는 소리처럼 나는 불의 소리를 듣지 못한다.

불 속에 파묻혀 불을 못 보므로 불의 공간 속에 차츰 연소燃燒하고 있음을 우리는 느끼지 못한다.

나는 그의 눈을 통하여 그의 속에 타고 있는 불꽃을 확인한다.

그의 불은 가끔 활화산活火山으로 터져 나를 열熱띠고 아프게 한다.

그는 내 눈을 보며 나의 불꽃을 안부安否한다.

우리의 불꽃은 서로 다른 빛을 지니고 타오른다.

나는 그의 얼굴에서 더러 생소生疎함과 더러 친근親近함을 느낀다.

갑자기 나는 불안해진다.

자유로웠던 나는 그의 불을 보므로 구속拘束을 느낀다.

나는 그의 불을 위해 즐거이 나뭇등걸이 되고 바람이 된다.

그는 나의 가슴에 닻을 내리고 머문다.

무엇이 불을 생성生成하고 무엇이 불꽃을 서로 이끄는지 알지 못한다.

우리 둘의 불이 함께 타오르면 얼마나 뜨거운 열을 낼지 헤아려 본다.

찬란한 불꽃으로 타오르기 위해 우리 사이의 공간空間과 시간時間 을 모두 없앤다.

우리는 아픈 눈으로 서로의 불꽃을 들여다본다.

우리의 불은 동시적同時的이고 언제나 함께 존재存在한다.

1969

결심 決心

그는 나를 볼 때마다 추워한다.
두 손에 이마를 대고
불행하게 될 거라 얘기한다.
웃는 얼굴을 지우려지우려 애쓰다가
빼앗긴 몇 마디 말을 생각해 내고,
입술을 바라보며
밤의 젖은 목소리를 듣기로 한다.
성냥을 그어
그의 눈을 들여다본다.
조금씩 아파하는 나를 찾아본다.
머리칼을 쓰다듬으며
시간이 멈추기를 바란다.
나의 욕망이 그릇되다면
한 번만 나를 용서하기로 한다.
그의 앞에서 나는 어려진다.
술을 마시고 담배를 피우고
나는 무서운 꿈을 꾸기로 한다.

1969

장미薔薇의 온도溫度

그는 바다 얘기를 하고, 나는 부담감 없이 나비가 날고 있는 해안선海岸線을 그려본다. 그의 얼굴을 바라보며, 물결치는 바다와 잔잔한 바다와 그 빛깔이 어떻게 다를까 생각한다. 미지未知의 바다는 내 주위를 출렁이고, 나는 바람이 되어 그의 바다를 흔든다.

무엇이 그에게 바다 얘기를 하게 했는가, 바다는 나에게 어떤 의미意味가 있는가, 헤아린다. 별의 얘기든 새의 얘기든 나에게는 같은 가치價値란 걸 알고 있다. 나는 그의 얘기를 들어야 하고, 그는 나를 위해 얘기를 하여야 하고 …… 언젠가는 만날 주어진 명제命題를 위해, 우리의 얘기는 참을성 있게 이어간다. 그렇게 차츰 사이를 좁힌다.

그는 얘기를 멈추고 나를 바라본다. 형식形式에 지쳐 형식形式을 버린 것인가. 완전한 정적靜寂 속에 우리의 공간空間은 사라진다. 우리는 눈을 마주보며 서로의 존재를 확인한다. 나는 그의 입술에서 장미薔薇의 온도溫度를 느낀다.

1969

우울증 憂鬱症

나는 오늘의 첫 담배를 피워 문다.

습관처럼 가슴 깊이 마셨다가 내뿜는다.

나는 묵은 편지 뭉텅이를 뒤적인다.

눈이 오는 바다를 보러 가자고, 그렇게 감상感傷으로 끝난 얼굴을
생각한다.

'라흐마니노프'의 선율旋律 속에 우울증을 느낀다.

연기로 동그라미를 그리고, 연기로 방 안을 탁하게 만든다.

그래도 안정할 수 있었던 군대 시절을 돌이켜본다.

전역轉役 날짜를 셈하며 주보酒保에서 큰소리치던 병장兵長 시절
을 기억한다.

두 번째 담배를 태우고, 세 번째 담배를 태우고……

캘린더의 요염한 여배우의 입술을 바라본다.

그는 말을 할 듯하면서 이 방을 정적靜寂으로 밀폐密閉시킨다.

나는 막힌 가슴으로

성냥갑의 마지막 한 개비의 불꽃을 들여다보며 상념想念한다.

무엇을 불지를 것인가, 무엇을 연소燃燒시킬 것인가.

1969

여행 旅行

오후엔 미열微熱이 난다.

나는 여름을 앓는다.

배를 타고 섬을 누비고

나는 죽음을 생각한다.

얼굴을 잃은 너

밤의 목소리를 들으며

헛된 욕망을 누른다.

검게 그을은 피부를 보며

너를 빛이라 부르다가

가까워질수록 연소燃燒하는 나를 발견한다.

비가 오는 갑판에서 머리를 식힌다.

흐트러진 머리칼을 매만지며

쫓기어 떠난 도시都市를 생각한다.

아무런 미련도 갖지 않는다.

연민憐憫의 기억을 헤치고

건강하게 살아나는 너

가까이 멀리 언제나

너에게 고독을 던지고

여행을 떠난 후
나는 여름을 앓는다.

1969

그림 그리기

우리들은 마주앉아 집을 만든다.
기둥을 세우고 지붕을 얹고 벽을 바른다.
둘레에 나무를 심고 정원을 꾸민다.
아이들은 전쟁놀이를 하고
여자는 햇빛 쬐는 창가에서 뜨개질을 한다.
〈아빠는 아빠는 무얼 할까?〉
아빠는 엄마 옆에서 담배만 피우고
아빠는 아이들의 전쟁놀이를 보고
아빠는 아무 일도 하는 것 없고.
우리들은 마주보고 웃는다.
우리들은 성城을 쌓고
지붕 위에 깃발을 꽂는다.
엄마는 장미薔薇로 싸인 방에서 긴 잠을 자고
아빠는 성城으로 말을 달려오고
〈엄마 잠을 못 깨면 어쩌나, 어쩌나.〉
장미의 성城은 열리지 않는다.
우리들은 서로 근심한다.
여전히

아이들은 전쟁놀이를 하고
여자는 뜨개질을 하고
아빠는 담배만 피우고
〈아무 것도 아냐. 아무 것도 아냐.〉
우리들은 두 개의 그림을 들여다본다.
여자의 표정을 살피며
나는 모든 형상形象을 구겨 버린다.

1969

시간時間을 죽이다

나에게 가장 길었던 시간은 언제일까.

그를 기다리며

어항 속의 붕어들을 바라본다.

뽀고르르 올라가는 물방울을 세다가

거품으로 스러지는 물결의 움직임을 발견한다.

연거푸 담배를 피우며

흐려지는 공기를 느낀다.

몇 번이고 시계를 들여다본다.

나는 시간을 조금씩 깨물며 하품한다.

붕어들은 흐린 눈으로 나를 관찰한다.

아까보다 자란 수염을 만져 본다.

흐르는 시간 속에 나는 멈칫한다.

그에 대한 생각은 자꾸만 쌓여

하나의 관념觀念으로 굳어진다.

사각사각 시간은 나를 앞질러

뒤를 돌아보며 웃는다.

두려움을 가지고 나는 아파한다.

나는 시간을 정지停止시키고 그를 형상形象한다.

우리는 서로 눈을 마주보며
시간을 죽이기로 한다.

1969

새의 흉내

새의 몸짓을 흉내내기 위해 연이 되었다가, 바람에 기대어야만 하는 슬픔을 느끼다가, 줄에 이끌리며 흔들리는 자신을 원망하다가, 저 투명한 별빛의 진공眞空을 헤엄쳐 오르는 모습을 그려 본다.

아무것도 매달리지 않고, 끌어당기지도 않는 그런 자유 속에서 나는 무게를 느끼지 않는다. 깃털보다 가볍게 떠오른다. 내려오라고, 허공에서는 살 수 없다고 소리치는 목소리에서 너의 욕망을 알아차린다.

휴식도 없이 날아오르는 내 모습을 너는 보아야 한다. 내 날개의 움직임의 가치價値를 알아야 한다. 명멸明滅하는 작은 점으로 사라지는 나를 기억해야 한다. 너의 손에 쥐어진 줄에서 떠났으므로 나는 너를 잊어버린다. 나를 바깥세계로 추방한다고 소리쳐도 내 귀에는 이미 바람 소리밖에 들리지 않는다.

나를 덮어 누르는 하늘. 커다란 조롱 속을 나르는 새. 텅빈 공간에서 내 날개는 아프게 창살에 부딪히고, 나는 구속된 자유를 갖는다. 허공을 벗어날 수 없으므로 나는 몸무게를 느낀다. 기분 나쁜 웃음소리를 착각한다. 밑으로밑으로 추락墜落하는 얼빠진 새의 흉내. 나는 모든 것을 잃는다. 나는 너에게 굴복한다. 발목에 줄의 무게를 느끼며 너에게 조종操縱당하는 연으로 만족하기로 한다. 1969

표적標的을 가진 사람

그는 눈 내리는 숲을 그린 우표를 붙이고
겨울 이야기를 시작한다.
연기 나는 오두막집에서 살고 싶다고
바람이 되어 나를 유혹한다.
깔바도스를 한 잔 입술에 축이며
그의 젖은 얼굴을 생각한다.
거울을 향해
속되지 않은 표정을 지어 본다.
조심스럽게 거부拒否의 말을 고른다.
몇 번씩 편지를 되읽으며
겨울에 태어난 나를 확인한다.
나의 심장은 표적標的을 가지고 발열發熱한다.
그의 앞에서 떨리는 목소리를 예감한다.
그는 화살을 집어 나를 겨냥한다.
장미薔薇의 아픔을 느끼며
조금씩 나는 죽어간다.

1969

이상李箱, 떠나지 말아야 했어

 이상李箱, 그대 이름을 불러 보면, 까마귀가 날고 있는 보리밭, 창백한 사내가 생각나네. 가로막힌 벽에서 출구를 찾아, 그대는 스물여섯 해 칠 개월을 죽어가고 있었지. 가장 어려운 시대에 태어나, 생활과 아프게 대결한 그대는 절름발이였어. 어쩔 수 없이 타고난 절름발이였어.

 권태倦怠에 질려 권태倦怠에 쫓기며, 포로 같은 가족과 속물俗物들의 눈초리에 그대 뒷덜미를 잡혔지. 모두들 동물원의 철책鐵柵 속에 가두고 싶어 했지. 빗질 안한 머리와 멋대로 자란 수염과······ 곱사등이 구본웅具本雄 화백畵伯과 걸어가면 곡마단의 어릿광대였어. 그대는 바보들의 거리에서 너무 똑똑했고, 너무 불쌍했어. 그대 요설饒舌 속에 텅빈 그림자를 보네, 흐느적거리는 육신肉身을 보네.

 이상李箱, 그대는 글을 쓰지 말아야 했어. 건축가로 만족하든지 금홍錦紅이와 술집을 차리든지 하여야 했어. 그대의 은화銀貨처럼 맑은 정신은 칼날로 떨어져 오고, 모두들 모가지를 만지며 표적에서 도망쳤지. 겁먹은 눈초리로 멀리서 욕설을 퍼부었지.

 무엇이 그대를 떠나게 했나. 발열發熱하는 가슴으로 무엇을 노래하고 싶었나. 이상李箱, 그대는 도오꾜오로 떠나지 말아야 했어.

이국異國에서 아주 절망할 필요는 없었어. 조롱과 비웃음의 서울
거리에서, 그래도 그대 아끼는 몇몇 사람 속에 좀 더 살아야 했어.
<누가복음> 얘기라도 하여야 했어.
　눈시울이 덮인 데스마스크를 보며, 고독한 목소리를 들어보네.
그대 마지막 손에 쥔 레몬 향기를 생각하네.

1969

자전거를 타고

나는 지나간 몇 해의 가을을 기억한다.

자전거를 타고 도시를 벗어나

축축이 비린내로 젖은 어촌漁村을 향해

어린애처럼 맑은 마음으로

힘껏 페달을 밟던

돌들이 아프게 타던 가을길을 기억한다

죽은 사람들이 모여 살던

그 도시의 냄새를 잊고

나는 눈이 붉어 있었다.

먼지가 날려서도

타는 가을바다가 비쳐서도 아닌

그저 침묵하며 내리쬐는

가늘게 떨리는 태양의 열기熱氣 때문이라 하자

내 속에 남아 있는 진기塵氣는 모두 씻어 버리고

하얗게 바랜 공기를 가슴 가득히 마신다

길에서 마주치는 사람들은 낯설지도 않고

눈을 들어 가벼운 목례目禮라도 하게

나는 되살아난다

그렇게 천천히 자전거를 달린다
느린 노새의 걸음에 맞추어
어촌을 횡단한다
찢어진 그물과 검게 그을은 얼굴과
비늘같이 쩌들은 생활들
허나 내 의식意識 속에는 빛나는 바다의 기억뿐
자전거를 타고
아픈 돌을 튀기며
그 어두운 도시로 돌아가고 있다는 생각을
그때 나는 아주 까맣게 잊고 있었다.

1968

다시 빛나는 금잔화金盞花

오 비둘기
가장 부드러운
신부新婦의 입술가에 핀
빛나는 금잔화金盞花 무리
손을 들어 손이 닿지 않는
높은 음성音聲이 감도는
바위 끝 모서리
혼자 올라가 보고 싶은 곳
깃을 치고
아기자기 쓰다듬어
폭 패인 엷은 그늘
흐르는 봄강물
반짝이는 여울이야
눈 아프게 그리운
동산 수풀 언덕 위
가늘게 풀피리 불어
구름떼 쫓던
아슬아슬 높은 벼랑

겨우 꺾어든 금잔화金盞花

뿌리치고 달아나던

부끄러운 귀밑머리

가슴 짓누르는 환희로

높이 하늘로 날아 오르는

오 비둘기

가장 부드러운

신부新婦의 입술가에 핀

다시 빛나는 금잔화金盞花 무리.

1966

손

너의 빛나는
젖은 손을 보면
외과의外科醫의 날카로운 눈에
비치는 얇은 심장의 고동鼓動처럼
정교精巧한 위험을 생각하고
한 개비 성냥을 그어
명멸明滅하는 어둠의 불꽃을
힘줄 가까이 비추어
살아있는 혈액의 움직임에
진흙으로 빚은 조상彫像에
이으려고 힘쓰다가
오가는 소리에 귀 기울여
공백空白을 메꾸고
문득 지석묘支石墓를 떠받들고 있는
검은 손 흰 손
가슴에 닿는 손을 잡아
그 위에 내 손을 얹어
흐르는 혈액의 전함을

한 몸으로 여기고

하늘을 가리켜

중생衆生을 제도制度하던

상처투성이의 손을

너에게 던져 보면

우리의 손은 손을 생성生成하여

숲을 일으키고

빛을 만들고

사랑을 이루는 것이다.

1966

늘 보는 꿈

한겨울
눈이 오는 날이면
'늘 보는 꿈'이 있어
일년내 초조하게 겨울을 기다리다가
감기에 지쳐 여윈
고독한 마스크를 생각한다.

따스한 난로와 음악 사이
새어들어 오는 겨울의 울부짖는 소리
눈이 쌓인 숲
북풍에 휘몰려가는 눈보라

한겨울에도
장미로 뒤덮인 성城으로
채찍질하여 말을 몰고 있음을
아무도 눈치 채지 못했으리라.

사면四面에 거울이 달린 방
여자는 혼자 뜨개질을 하고

문간에 서 있는 나를 보고 아는 체를 한다
나는 그를 기억하지 못한다.

어쩌면 그는 나의 유년 시절의 보모
국민학교 때 여선생님

프로이트 씨는
내 작은 꿈을 무어라고 설명할까
그것은 허욕虛慾
아니면 이루지 못한 소원 충족일까

꿈은 꿈으로 많은 기대를 걸고
꿈은 나에게 많은 걸 가르친다.

오늘도 감기에 지쳐 마스크를 한 채
눈 오는 종로鐘路 거리를 가며
어제 꾼 '늘 보는 꿈'을 생각한다
그리고 늘 여자의 얼굴을 잊어버린다.

1968

하얀집

별과 하늘빛이 맑게 보이는
숲 속에 하얀집이 있었네
겨울에도 복된 햇빛이 가려 비추고
뜰에는 제 먼저 봄을 알리는
떡갈나무도 한 그루 자라고 있었네

두 손 잡아 한평생 힘 모으기로 한
그 집에 우리들이 살고 있었네
웃음을 잃지 않고 살고 있었네

바람이 살랑이는 저녁이면
아기그네를 흔들고
큰애들은 숨바꼭질, 반딧불잡이에
행복한 나날이었네 지난 옛 여름이었네

떡갈나무 밑
집게벌레 둥지를 뒤지던 아이들은
이제는 가슴 벌어지게 자라

저마다 갈 길로 가 버리고
하얀집엔 쓸쓸히 우리 부부만이 남았네
그렇게 나이 먹었네

어느 날 숲이 쓰러지던 날
집 앞으로 널따란 아스팔트가 깔리고
공장이며 큰 집들이 우뚝우뚝 솟아
하얀집은 연기에 더럽혀졌네
아담한 옛 모습은 찾을 수 없네

낙엽이 지고, 찬 비가 뿌리고
떡갈나무 잎을 태우는 냄새
환상幻想의 피리소리는 주위를 돌아
잃어버린 가을을 얘기하고

아득한 기억 속에서
하얀집은 낡아가고 있었네
우리는 늙어가고 있었네

떡갈나무 위에는 찬 눈이 내리고
그 위에 눈을 맞고 앉아 있는 새

창을 통하여 우리는 겨울새를 보며
처음 함께 만났던 찻집 얘기를 했네
전쟁터에 가 소식 없는 큰아이 얘기를 했네

1968

겨울의 길목에서

— 화영華榮에게

멀리 떨어져 까마득히 잊을 때쯤
친구여
우리는 겨울햇빛 같은 잔잔한 목소리를
서로 듣는다.
한 잔의 커피를 나누는
그런 따스함으로
우리는 가끔 전부를 빼앗는다.
집 떠난 자를 놀라게 하지 않고
우리들의 산책散策에 조용한 미소를 보낸다는
빠리의 거리에서
친구여
그대는 지금 무엇을 지켜보는가.
눈 내리는 바다,
죽도록 음악이 듣고 싶던 군대 시절,
조그만 기쁨을 즐기며
열심히 살아보겠다던
우리의 얘기를 기억하는가.
주위를 스치고 지나간 모든 것은

지금은 알아볼 수 없이 자란

고향의 나무.

석탄 연기로 겨울이 다가오는

서울의 길목에서

친구여

무엇이 그대를 먼 곳으로 떠나게 했는가.

루브르 박물관 옆 카페에서

꽃 핀 나무를 그린 엽서를 쓰며

그대는 우리의 어떤 일을 생각했는가.

누구라도 가만히 지켜보고 싶은 지금은

따뜻한 시詩를 읽고 싶은 저녁

하나의 위안慰安으로 조금씩 낯설어지는

내 안에 살고 있는 모습을 찾아보며

눈 내리는 거리, 종로鐘路에서

어깨를 툭툭 치는 그를 자꾸만 착각한다.

1969

별리 別離

저녁 무렵 충무로에서
프로이라인 김을 우연히 만났다
레코드 상점에서 들려오는 낡은 유행가처럼
우리는 이미 흘러간 사랑이었다
세련된 차림새에 놀라지 않을 수 없는
공간과 시간의 거리감이여
오 년 전 나는 군대로
그는 독일로 떠난 후
하인츠 피온택의 시구詩句처럼
〈맑디맑은 가을은 내 안에서
별리別離의 피리를 불고 있었다〉
내 쓸쓸한 병영兵營에 날아온 짤막한 사연
종교철학을 공부하고 있다는
사색思索에 싸인 대학 배경의 그의 사진을 보며
연민도 선망도 아닌 그런 감정으로
주보酒保에서 그날
누굴 위해 축배를 들었던가
겨울의 문턱에서

모든 것은 차갑게 굳어 버리고

성장成長한 우리의 해후邂逅는 정말 어색하였다

눈과 눈이 마주칠 때

모든 것을 알아차려야 했으리라

저녁 햇살 금빛으로 물든 얼굴에

가벼운 목례目禮로 지나쳐야 했으리라

결혼했느냐는 치기稚氣 어린 물음에

말없이 조용히 웃고 마는 그

아, 정말 유행가 가사 같은

철없던 우리의 사랑

〈환상幻想의 때는

높아지는 언덕의 저쪽으로 흘러가고〉

하나 남은 미련은 별리別離의 낙엽으로

가을바람에 뿔뿔이 흩어져 버렸다.

1967

피아노의 음향은

이 조용한 피아노의 음향은
나의 바다를 가만히 두드리고
오후의 수면睡眠에 조는
나의 귀에
신선한 바람 한 줄기를 긋고
바쁜 듯이 돌아서는
이 가벼운 피아노의 음향은
미끄러운 빗속에 온몸을 적시며
알몸으로 치달리는 기쁨이다
느릿느릿 오랜 기다림같이
달팽이의 발자취에
발걸음을 맞추며
한낮
빌딩 저편
빛나는 태양 주변
엉킨 우리의 목소리는
몰려오는 피아노의 해일海溢 속에
사라진다

하늘로 흩어지는 푸른 목소리

목소리를 모아 다시 한번 듣는다면

황제皇帝의 엄숙한 기침처럼

대낮에 들려오는

이 피아노의 음향은

너무나 눈부시게 밝구나

지치도록 터지는

우리의 재채기처럼

너무나 아프구나

이오니아식式 원주圓柱를 돌다가

이따금 햇빛을 쪼이다가

검은 물결 위에 떠도는

이 빛나는 피아노의 음향은

눈에서 눈으로

손에서 손으로

사정없이 나의 귓속으로

무리지어 떼지어 파고 드는구나

1963

독심술讀心術

A 노인老人

늙으며 조바심하는
헛된 마음은
어린 나무 한 그루 제대로 못 심고
언제 길러 효도 보랴
자라지 않는 아이
근심스레 만지고 가꾸어
꽃 피는 훗날
아직도 할 일이 창창한데
쇠잔한 날빛은 찌푸려 오고
온 해를 헤아려 보람된 일은
열 손가락에 과연 몇 개나 찰까
연금年金이나 보험증서保險證書
누구를 위해
녹슨 훈장을 남겨 줘야 하나

B 노부인老婦人

늙으면 그러지 않으려 했더니

어린 자식 걱정하듯

모든 것 위태롭게 보이네

자상한 그 말씀 듣기 싫어

전도부인傳道婦人 흉보던 젊은 시절

수유須臾

내세來世에 도道 닦으러

조촐한 한복 다려 입고

성경 낀 전도부인傳道婦人 되었네

돋보기 너머로 아물거리는 글자

걱정도 팔자지

누가 날 욕할까

며느리 들볶는 된시어머니

하나 남은 낙樂은 오직 귀의歸依뿐이니

C 중년中年

잘 차리면 한창 완숙한 아름다움

부담 없이 기댈 수 있는 안정된 자리

쉽게 번뜩이고 쉽게 허물어지지 않는

풍상風霜에 견뎌 온 당당한 얼굴

어느 누가 유혹되지 않으랴

만산萬山에 불타는 홍엽紅葉

엷은 웃음을 지을 때마다

깊숙이 패이는 그늘
자연을 대해
한결 여유를 가질 수 있는
그래 술잔을 들어
마음을 꿰어 볼 수 있는
더불어 마음놓고 밤새 얘기할 수 있는
생활에 충실한 나이

D 여인女人

쓰다듬고 보듬고 귀여워할 수 있는
상냥한 짐승을
너의 모습에서 문득 발견한다
가장 불완전한
그래서 안심할 수 있는
성숙成熟한 여인
어느 어리광도 통할 수 있는
모성애의 부드러움으로
나를 감싸 주는
치기稚氣에 가득찬 얼굴에
소스라쳐 놀란다
어린아이의 손목을 끌고
가장 행복한 웃음을 지을

책임責任에 지친 얼굴을 본다

    E 소녀少女

네가 자라 무엇이 될 줄
얼굴에 전부 씌어 있다
넓은 가능성 그 꼭대기에
가슴 울렁거리지만
십 년이나 이십 년 후
네 모습을 전부 그릴 수 있다
어린아이 데리고
짭짤한 바닷가
모래밭에 성을 쌓고
작은 행복에 잠기는
욕심 없는 너를 발견할 수 있다
미루나무 끝닿은 불타는 하늘
헛된 기다림에 지친
평범한 여자를 생각할 수 있다

    F 유아幼兒

가장 순진한 웃음
작은 욕망에도 이기지 못하여
터뜨리는 자연의 충동

무엇이고 될 수 있는

충분한 가능성

천사가 와서 살고

시새워하는 천진한 아름다움

네가 자라

장군將軍이 되건

착한 사무원이 되건

아니면 남에게 미움받는 이가 되건

오직 한결같은 마음으로

네 깨끗한 머리에 손을 얹고

작은 축복을 빌고 싶다

1966

장군將軍의 집

　장군將軍은 매일 사냥개를 앞세우고 산보를 하고 새벽부터 운전병의 시동 거는 소리로 바쁜 하루는 시작된다. 반짝이는 요대와 검은 안경과 짤막한 지휘봉. 근엄한 제복 앞에 권위는 형성되고 가장 가정적인 아버지는 엄한 사랑으로 변한다. 누구든 존경할 수 있는 인자한 사모님. 신경성 심장병에 걸렸다고 누가 생각할 수 있으랴. 재산과 영달과 출세를 위해 겉으로 안으로 주시注視되고 피곤하고 굳어 버린 표정에 없어서는 안 될 슬픈 주역이 되었구나. 학교로 친구네로 백화점으로 그리고 병원으로 바삐 돌아가는 범퍼 가린 군용차 슬픈 자가용 체면에 체면을 위해 또 가정을 위해 아버지만한 자식은 어디 있으랴. 집안을 평안히 다스려야 천하를 무사히 거느릴 수 있다고 공자孔子님은 옛날에 말씀하셨는데. 머리 아픈 사모님 우리 사모님 누가 질투하고 손가락질할 수 있을까.

　장군은 일요일에 골프채를 메고 아침에 나가 어두워야 들어오신다. 핸디가 20. 몸이 벌써 반 관이나 줄었다고. 유쾌한 하루 사교의 하루. 다음 번 휴일엔 사냥이나 갈까. 당번병은 온종일 윈체스터 엽총을 손질하고 아이들은 자랑스럽게 힐난한다. 아저씨는 이런 거로 꿩 잡을 수 있어. 이래 봐도 엠원 특등사수. 몰라보면 되나

암 안 되지. 다음엔 낚시질을 함께 가마 꼬마는 울면서 매달리고 평복한 장군將軍은 난처한 얼굴로 머리를 쓸어 달래 준다.

선영先塋을 잘 써서 장군將軍이 나왔지. 다짐하는 시아버지와 다투는 며느리 조상대대 물려온 산이라도 팔아 어려운 살림을 꾸려 가야지. 며칠째 알아듣게 말씀 드려도 시아버지는 산문서山文書를 내놓지 않으신다. 장성 봉급이 얼마 된다고. 그렇다고 부정을 저지를 수 있으랴. 설악산 전투 눈보라치던 날 며칠을 굶고도 사병을 먹인 그 양반이 생활을 위해 의지를 굽힐 수 있으랴. 붕鵬이란 새가 날기 위해선 몇 만 리의 하늘이 필요하다고 이천 년 전 장자莊子님이 말씀했거늘 빛나는 별을 지켜 나가기 위해 정말로정말로 힘이 드누나.

작은아들 수술로 몇 밤을 새운 후 사모님은 졸도하여 쓰러지셨다. 은행잎이 쓸쓸히 떨어지던 날 대학병원에 핼쑥히 몸져 누웠다. 의사는 절대 안정하라고. 살림 걱정 아이들 때문에 안정이 되랴. 쓸 만한 아들놈은 몸이 약하다. 어려서부터 잔약한 몸 병이 많더니 사립국민학교 채찍질에 견딜 수 없구나. 가혹한 시험과 가혹한 잡부금. 장성將星의 아들도 빛을 잃는다. 사장과 중역과 기업에 몰려 아버지에게 군복 벗고 사장이 되라 한다. 이건 안 될 소리 모르는 소리 장군將軍이 얼마나 높은 거라구.

세상에 제일 하기 싫은 건 남에게 부탁하고 부탁받는 것. 장군將軍은 언제나 말씀하신다. 인생이란 곧이곧대로는 안 된다고 사모님은 언제나 말씀하신다. 늙으면 화초나 가꾸며 살리라고 궁벽한

산골에 초막을 짓고 백화白樺나무처럼 살리라고 몇 번이고 장군將軍은 다짐하신다. 너무나 장군將軍의 꿈이 소박하다고 그것을 누가 탄嘆할 수 있을까.

가슴에 빛나는 무거운 훈장. 큰놈은 거울을 향해 뽐내 본다. 이담에 그런 걸 달고 싶거든 지금부터 열심히 공부를 해라. 수많은 훈장마다 새겨져 있는 피어린 전승戰勝의 기록을 너는 아느냐. 부하를 가족보다 더 사랑했던 그래서 전시에 무척 고생을 했다는 사모님의 얘기. 내의도 사병에게 벗어 주었단다. 양말도 손수 기워 신으셨단다. 설악산 골짜기 봉봉峰峰마다 거치지 않은 곳이 없다더구나. 몇 년 후 은혼식銀婚式 땐 꼭 한번 내설악內雪岳의 빛나는 단풍을 보러 자취를 따라 가 보겠다고 벌써부터 기쁨에 찬 기대로 상기上氣하신다.

부대에선 무섭고 어려운 장군將軍. 못마땅할 땐 음성을 낮추신다. 인정이 안으로 열熱할 줄 처음 대하여 어찌 알 수 있으랴. 손수 고쳐 주시는 복장과 계급장. 그래서 더욱 가까이 할 수 없다.

며칠 동안 가열苛烈했던 기동훈련機動訓鍊에 지쳐 장군將軍은 코피를 쏟으셨다. 옛날 같은 굳건한 기력은 어느새 소모되었나. 차츰 늙어 가시는 장군將軍. 오늘도 새벽같이 산보를 하신다. 하얀 입김을 뿜으며 약수터까지 갔다 오신다. 매일같이 되풀이되는 단조한 일과. 장군將軍은 언제나 근엄하고 인자하시다.

1966

불의 이야기 | 121

행복한 잠

자화상 自畵像

벽돌 한 장 마련해 놓지 않고
헛되이 피라밋을 쌓아 올리려는 자.

몰래 숨겨 둔 열쇠 하나 없이
스스로 만든 미로迷路에서 벗어나지 못하고
같은 길을 되풀이하여 헤매는 자.

커튼을 친 대낮의 방 안에
가냘픈 촛불을 켜고
아직도 고개를 꼿꼿이 세운 채
어둠과 타협하기를 거부하는 자.

밀려오는 물결과 맞서
혼자서 땀을 흘리며
녹슨 검劍을 휘두르는 낯선 얼굴을 본다.

1982. 9. 7.

형제 兄弟

 형과 싸우고 집을 뛰쳐나오던 날, 코피를 흘리며 수수밭을 지나 강가에 와 세수를 하며 울었다.

 밤기차를 타고 서울로 가며 레일의 덜컥대는 틈 사이로 개자식, 개자식, 욕하는 형의 성난 목소리가 들려왔다.

 중국집 종업원으로, 공사장 인부로 떠돌아다니던 십 년 동안 형한테 무슨 잘못을 저질렀는지 생각나는 게 없었다. 아버지가 돌아간 후, 하찮은 일에도 어머니께 버릇처럼 대드는 형수를 보다 못해 머리끄덩이를 잡았고, 밭일을 하고 돌아온 형한테 샤쓰 단추가 떨어지도록 얻어맞았다. 어렸을 적 아이들과 싸울 때 편들어 주던 형도 이제는 남이라고 몇 번이나 이를 갈았다.

 남들이 모두 귀향하는 추석에도 서울에 남아 하루에 영화를 서너 편씩 보며 울고 또 울었다.

 그 후 고향 사람을 만나 내 이름만 부르며 임종했다는 어머니 소식을 듣고 형과 사생결단을 하리라 결심하고 밤기차를 탔다.

 레일의 덜컥대는 틈 사이로 네 잘못이다, 네 잘못이다 하는 소리가 들리고, 뽀얗게 성에 낀 차창에 경운기를 몰고 가는 머리가 허옇게 센 형의 뒷모습이 떠올랐다.

 코피를 닦던 강가에는 얼음 풀린 물살을 헤치며 오리 두 마리가 헤엄치고 있었다. 고개를 물 속에 박았다 쑥 내밀며 가끔 푸득푸득 나래를 쳤다. 오리에게 돌팔매질을 치려다 그만두고, 형과 만나지 말고 서울로 그냥 되돌아가리라 마음먹었다.

 못난 놈, 못난 놈, 귓전에 울리는 바람 소리를 들으며 강뚝을 따라 나는 다시 역驛을 향해 발길을 돌렸다.

1983. 1. 11.

외갓집

1

전차를 타고, 종로 5가에서 내려 외갓집 가는 길. 효제학교 건너, 중국 솥공장을 끼고 연동교회를 지나면, 말 탄 사람들이 보이는 수의과대학 옆 작은 골목에 대추나무 서 있는 외갓집이 있네.

의병에 나가서 소식 없는 남편을 기다리며 하얗게 늙으신 외할머니. 할머니는 내 머리를 쓰다듬으며 징용 가서 돌아오지 않는 작은 외삼촌 얘기를 했네.

비 오는 밤이면 외사촌들과 여우 얘기 도깨비 얘기를 하고, 의과 대학 옆 시체건조장의 까마귀떼에 쫓기는 꿈을 꾸다 밤중에 울부짖는 창경원 짐승 소리에 잠이 깨었네.

경신학교 자리 서양 선교사집 뒤뜰에서 종이비행기를 날리고, 외사촌들과 숨바꼭질을 하며 노상 술래가 되는 가랑머리 딴 누이를 안쓰럽게 보았네.

2

전쟁이 끝나고, 삼양동 천막집에서 기침으로 누워 있는 외숙모에게 전쟁 때 불 타 죽은 식구들 소식을 들었네. 약장수를 따라다니며, "한 많은 미아리고개"를 부르는 외사촌누이를 몰래 보았네.

지금은 성남시에서 구두수선 하는 남편을 만나 나보다 더 나이들어 뵈는 외사촌누이. 주근깨 박힌 조카딸을 보며 비눗방울 날리던 누이를 생각했네.

바람은 모두를 쓸어가 버리고, 지금은 얼어붙은 창경학교 골목에서, 빌딩이 되어 서 있는 외갓집 자리를 바라보네. 나무 한 그루 심지 않은 삭막한 회색 건물을 바라보네.

1979. 1. 6.

종이학

종이로 학을 접었습니다.

하루에 한 마리씩 백 일 동안 접기로 했습니다.

선반 위에 놓인 백항아리와 그릇들을 치우고

날개를 활짝 편 학을 올려놓았습니다.

술에 취해 들어온 저녁에도 어김없이 한 마리씩 학을 접었습니다.

어린애 같은 버릇이 늘었다고 아내는 놀렸습니다.

저녁마다 학을 접으며 늘어가는 학의 숫자를 세었습니다.

내가 왜 매일같이 학을 접나 생각해 보았습니다.

일제日帝 때 징용 가는 삼촌을 위해

센닌바리[千人針]를 받으러 다니던 할머니의 모습이 떠올랐습니다.

그렇게 무슨 절실한 염원이 있으면 차라리 성경을 읽으라고 아내
는 말했습니다.

학이 한 마리씩 늘 때마다 무언가 좋은 일이 일어날 것 같은 기대와
기쁨이 부풀어 갔습니다.

그러나 백 마리의 종이학을 접던 날까지

나에겐 아무 일도 일어나지 않았습니다.

먼지 앉은 학은 날지도 먹지도 않고 그냥 그대로 제자리에 앉아
있었습니다.

어느 일요일 오후, 접었던 학을 모두 날려 보내기로 했습니다.

백 마리의 학을 상자에 담아 아들과 같이 아파트 옥상에 올라갔습니다.

어디선가 한 손가락으로 치는 피아노 소리가 들려오고 햇빛이 눈부시게 쏟아지고 있었습니다.

아들과 나는 한 마리씩 공중으로 학을 날렸습니다.

그 때 우리는 보았습니다.

햇빛을 따라 날아오르는 학을

푸른 하늘을 향해 일제히 날개를 펴는 학의 모습을 말입니다.

1982. 4. 29.

달밤

누님. 생각나시는지요. 그 무서운 달밤을 생각하면 지금도 열병
熱病을 앓게 됩니다. 그것은 숨바꼭질하며 낟가리에 숨어 바라보
던 달도, 메밀꽃 사이로 나귀를 끌고 가던 '허생원許生員'의 달밤도
아니었습니다. 베트남의 전쟁터에서 번쩍이는 눈망울을 굴리며
바라보던, 무성한 숲 사이로 떠오르던 흐릿한 달. 저는 그때 그
무서운 달밤을 생각해 내고 몸을 부르르 떨었습니다.

누님. 생각나시는지요. 천정에서, 마루 밑에서 숨어 살던 수염이
참대처럼 자란 당숙 말입니다. 붉은 완장을 찬 빨갱이놈들이 하루
에도 몇 차례씩 찾아와 식구들을 못살게 들볶으며 찾아내려던
당숙 말입니다. 할머니는 괜히 이리로 피난 와서 우리까지 고생이
냐고 푸념하셨지요. 밤에는 등화관제로 불도 못 켜고 달빛 아래
멍석을 펴고 앉아 할머니 옛날 얘기로 불안을 달랬지요.

누님. 생각나시는지요. 당숙이 끌려가던 그 밤이 생각나시는지요.
당숙모는 치마가 흘러내리는 것도 모르고 엎드려지며 동구洞口
밖으로 좇아가고, 호기심으로 저도 논틀밭틀을 건너 따라갔습니
다. 흰옷 입은 사람들이 먼 데서 가는 모습이 유령처럼 보이고,

산모롱이를 돌아 사라지는 모습을 보자 저는 갑자기 무서워졌습니다. 달빛에 반짝이는 시냇가에 앉아 조약돌을 주워 자꾸만 냇물에 던졌습니다. 하얗게 튀겨 오르는 물방울을 보며 저는 지금 아주 나쁜 꿈을 꾸고 있다고 생각했습니다.

누님. 생각나시는지요. 대문을 박차고 울며 뛰어 들어온 당숙모를 따라 폐광 골짜기까지 달음박질한 것을. 뼈마디에서 울려오는 곡성이 사방에서 들리고, 거기 죽창에 찔려 죽은 사람들. 달밤에 피는 짙은 검정색이었습니다. 억새풀만이 조용히 흔들리고 있었습니다.

그 후, 당숙모는 염주알을 굴리며 이십여 년이나 더 사시다 돌아가시고, 그 끔찍한 얘기는 이제 누님과 저밖에 아무도 모릅니다. 전쟁이 끝난 지 삼십 년이 흘렀어도 누님, 달밤이면 여전히 무서움으로 가슴이 뜁니다. 머릿속으로 탱크가 지나가고, 죽창을 든 사내들이 우쭐우쭐 걸어가고, 전쟁은 아직도 제 안에서 계속되고 있습니다. 그러나, 자식들에게 달밤은 아름다운 밤이기를, 영원히 정다운 얘기로 꾸며지기를 간절히 바랍니다. 누님.

1981. 4. 25.

밤마다 내 영혼은

어느날 내 영혼이 육신肉身을 떠나 비둘기처럼 날아나는 걸 본
적이 있습니다.

주름살 진 내 얼굴을 측은한 듯이 한참 들여다보다가
서랍을 뒤져 낡은 편지를 읽기도 하고
잠든 아들놈의 머리를 쓰다듬으며
내 옛날 얘기를 귓속에 속삭였습니다.
할머니 손을 잡고 꽃밭을 거닐던 얘긴지
봇짐 지고 타박거리며 피난길 가던 얘긴지
나는 알 수 없습니다.
아들놈이 잠결에 빙긋이 웃는 걸로 보아
아름답고 즐거운 얘기였던 모양입니다.

내 영혼은 내가 살던 집들을 하나씩 방문했습니다.
그 중에서 우물가에 느티나무가 서 있던 집에 제일 오래 머물렀던
것 같습니다.
눈을 감아도 찾아갈 수 있는 골목길을
나도 함께 기웃거려 보았습니다.

이상하게도 지나가는 사람 하나 보이지 않고
썰렁한 바람만이 골목을 메우고 있었습니다.

내 영혼은 몇 번씩이나 기침을 하며
알 수 없는 길로 나를 데리고 갔습니다.
보리밭을 지나
황토흙이 흘러내린 언덕을 넘어
물결이 일렁이는 바다가 보였습니다.
거기 낯익은 얼굴들이 하얀 물결로 부서지며
나를 향해 손짓했습니다.
노을이 지고 있었습니다.
어두워지기 전에 그만 돌아가자고 내가 먼저 발길을 돌렸습니다.

지금도 아쉬운 것은
그 때 돌아가자고 하지 않았다면
내 영혼이 그 다음 무엇을 보여 주었을지 모르는 일입니다.
그리고 밤마다 같은 대목에서 꿈이 깨어나곤 하는 일입니다.

1982. 8. 16.

혜원蕙園의 여자를 찾아

혜원蕙園의 여자가 문득 보고 싶어
박물관에 갔었습니다.

동양화실을 샅샅이 뒤져도
트레머리 한 그 여인은 아무 데도 없었습니다.
몇 년 전 '한국예술이천년전韓國藝術二千年展' 때
옷고름을 살포시 매만지며
앳되고 수줍게 웃음 짓는 그를 본 적이 있었는데 말입니다.

몇 바퀴나 동양화실을 돌아도
양반들과 수작하는
혜원蕙園의 몇몇 기녀妓女밖에 만나지 못했습니다.
내가 찾는 여자는
그런 때묻은 여자는 아니었습니다.
갑자기 가슴이 섬찟해지며
아주 소중한 것을 잃은 것 같은 슬픔이
가슴을 메우며 저려왔습니다.

박물관 사무실에 가 물어 보니
혜원蕙園의 미인도美人圖는 성북동 간송澗松박물관에 있다는 거였
습니다.

택시를 타고 삼청터널을 지나며
기대감 때문인지 불안 때문인지
가슴이 저절로 뛰었습니다.

성북국민학교 옆 간송澗松박물관 뜰엔
작약이 활짝 피어 있었습니다.
거기 전시실에
혜원蕙園의 여자가 여전히 앳된 웃음을 머금고
나를 맞이했습니다.

어디선가 생황笙簧 부는 소리가 들리고
희부연 달빛을 받으며
우리는 골목길을 걷고 있었습니다.
그는 나보다 서너 걸음 뒤떨어져
다소곳이 고개를 숙인 채 걸었습니다.
그렇게 우리는 말없이 걷고 또 걸었습니다.

그림을 보면서 내내 그런 생각에 잠겼습니다.

박물관을 나와 성북천을 끼고 걸으며
혜원蕙園의 여자가 뒤에 오는 것 같아
나는 몇 번이나 뒤를 돌아다보았습니다.

1982. 8. 24.

행복한 잠

행복한 잠을 자고 싶네
꽃핀 그늘에 누워
잎 사이 아롱대는 햇살을 받으며
잠들고 싶네

아름다운 꿈을 꾸어야겠네
멀리 파도소리 은은히 들리는
오솔길을 마냥 걷고 있는
나를 꿈꾸어야겠네

군대 시절
각개전투 훈련 때
풀밭에 엎드려
기어가는 개미를 헤아려 보던
잠깐의 휴식을 맛보던 순간

도보로 트럭으로
지친 야간행군 중에도

눈만 감으면
나는 행복한 꿈을 꾸었네
따스한 햇빛 비치는 강에서
낚시질하는 꿈을 꾸었네

그 후
한번도 행복한 잠을 자지 못했네

폭격 맞아 불탄 집에서
허둥대며 돌아가신 할머니를
4·19四·一九 때 경무대 앞에서
도망가던 부끄러운 나를
진땀을 흘리며 꿈속에서 보았네

행복한 잠을 자고 싶네
유년시절의 자장가를 들으며
따스한 어머니의 자궁子宮 속에서
깨지 않는 영원한 꿈을 꾸고 싶네.

1980. 4. 14.

오입 誤入

비 오는 날이면
유성기留聲機를 틀어놓고
할머니는 매화타령梅花打令을 들으셨다.
사내들은 모두 오입장이지
한숨을 쉬며 뇌까리셨다.
아이들 듣는데 별소리 다하신다고
아버지는 언짢은 말씀을 하셨다.
금광金鑛을 하다 망한 후
기생첩 데리고
만주로 가서 소식 끊겼다는 할아버지
늘 진솔옷을 차려입고
구레나룻이 멋있었다는 얘기를 먼 허공을 바라보며
할머니는 백 번이나 더해 주셨다.

아버지는 사철 화초를 가꾸셨다.
동네에서 우리집은 화초집이었다.
세 평밖에 안 되는 뜨락에다
갖가지 화초를 심고

저녁마다 물수건으로 잎을 닦아 주셨다.
가을에 정성껏 씨를 받아
친구들에게 시집보내듯 나누어 주셨다.
시집간 고모가 화초 한 분盆 탐을 내도
자식 많다고 남에게 나누어 주는 법 있느냐고
아버지는 매몰차게 거절하셨다.
겨울이면 좁은 방에 가득찬 화초 때문에
발을 뻗기조차 힘들었다.
한식寒食 때마다 산소에 꽃을 심으며
화초오입으로 일생을 즐기신 아버지를 생각한다.

시詩를 쓰며
가슴을 쥐어짜 시詩를 쓰며
재주 없는 나를 탓해 본다.
중학교 때 혼자 좋아하던 소녀
그가 다니던 교회를 일요일이면 빙빙 돌았다.
그 후 하는 일마다
먼 데서 빙빙 돌며 살아왔다.
그렇게 나는 자라다 만 아이였다.
마흔이 되던 날 아침
세상은 문득 내 밖에 있었다.
나는 시들어 가며

짝사랑하듯 시詩를 생각했다.

일어서는 나무가 되기 위해 시詩를 썼다.

시詩는 햇빛이 되어 비추기를 간절히 바랬다.

한 편의 시詩를 위해 밤을 새우며

그래도

혼자 가슴 설레는 행복감에 잠긴다.

1981. 4. 13.

감나무 밑에서

마당에 멍석을 펴고 누워
하늘을 본다.
감나무 잎 사이로
햇살이 아롱거린다.

증조할아버지가 심으셨다는
감나무 밑에서
나뭇가지에 걸린 연을 꺼내 달라고
발을 굴리며 울던 어린 시절을 생각한다.

기둥시계 소리만이 들리던
쓸쓸한 여름 오후
의용군을 피해
벽장 속에 숨은 아버지를 지키며
빗장 걸린 대문 밖에
발소리만 들려도
가슴이 서늘해지던 전쟁 때를 생각한다.

이 감나무 위로
솔개가 날고
비행기가 날고
번쩍이는 빛, 포탄이 날고

감나무 밑에
병아리처럼 숨어
작은 가슴을 할딱이며
날개 뜯어 버린 잠자리를
몰래 훔친 새알을 생각하고
하늘을 향해 잘못을 빌고 또 빌었다.

그 후 나이 들어
무엇이 나를 흔들리게 하였나
독한 술을 마시고
여자를 울리고
탁한 눈망울을 굴려 세상을 바라보고

물의 심판이 끝난 후
불의 심판이 있음을
나는 왜 몰랐을까.

남을 목 졸라 죽인 일 없음을

칼을 들어 남의 것을 빼앗은 일 없음을

다행으로 생각해야 할까.

감나무 밑에 누워

청청히 푸른 하늘에

문득 날아가는 새를 바라본다.

「추월색秋月色」 읽기를 좋아하셨다는

한 번도 뵌 적 없는 증조할아버지를 생각한다.

1980. 7. 14.

노화리蘆花里에 가서

1

물구덩에 묘지가 잠길 것 같다는
재종형의 생전 처음 띠운 편지를 받고
할아버지 묘소를 이장移葬하러
노화리蘆花里에 갔다.
버스가 다니던 길은 물에 끊겨
배를 타고 물을 건넜다.
겨울은 아직 멀었는데
때 아닌 눈발은 흩날리고
일렁이는 물결 사이로 스러지는 기억 속에
다릿목에 쓰인 낙서를
핥아 버리려고 애쓰던 홍수의 모습이
문득 불안하게 떠올랐다.
방앗간의 발동기 소리를 내며
배는 물결을 가르고
물 위에 삐죽이 고개를 내민
홍시 달린 감나무를 보며
내가 다니던 국민학교 자리는 어디쯤일까
사방을 둘러보았다.

2

청주淸州서 왔다는
늙은 주모酒母를 앉혀 놓고
재종형과 술을 나누며
명당 자리가 물에 잠길 수 있느냐고
나는 울분을 토하고
재종형은 수몰보상금 문제만
자꾸 들먹였다.
이 근처가 유원지가 될 거라고
청주淸州집 팔아 이사 왔다는 주모酒母는
손님이 없어 파리만 날린다고
넋두리를 곁들이고
우리는 안주도 들지 않고
쓴 소주만 두 병째 비웠다.

3

과수원터로 옮긴 신노화리新蘆花里엔
낯익은 얼굴은 별로 없고
빚 얻어 지었다는 똑같은 양옥들을
거부하는 몸짓으로 바라보았다.
상여막 자리에 생긴 도선장渡船場에서
배를 기다리며

대청大淸댐이 생긴 후
웬일인지 신경통이 더 쑤신다는
나이보다 훨씬 늙어 뵈는 재종형의 얼굴을
쓸쓸히 보고 또 보았다.
우리는 말없이 몇 대의 담배를 피우고
맑게 갠 찬 하늘을 멍하니 바라보았다.
기다리는 배는 오지 않고
까옥거리는 갈가마귀 소리를 들으며
통일이 되어도
나는 돌아갈 고향을 잃어버린 놈이라고
유행가 같은 구절을 마음속으로 되뇌었다.

1981. 12. 17.

만남 1

꿈에
조선생^{趙先生}님을 뵙다.
눈발에 옥양목 두루마기를 날리며
얼어붙은 성북천^{城北川}을 굽어보시던.
나는 찬 땅에 무릎을 꿇고
큰절을 하려다
잠이 깼다.

문패 대신
조그만 명함이 꽂혀 있는
성북동 60의 44.
화로를 끼고
책을 읽으시던 선생님은
온화한 얼굴로
별로 말이 없으셨다.
잊혀져 가는 민속^{民俗}을 걱정하시고
집필 중인 <독립운동사>를 보여 주시며
가끔 괴로운 기침을 하셨다.

둘러싸인 우중충한 한적漢籍 틈에서
사위어 가는 선생님을 바라보며
문갑 위에 놓인 난초가
유난히 싱싱하다고 생각했다.
시詩의 본도本道는 서정抒情인데……
한탄하시던 음성이 생각난다.
손수 도안圖案하신 격자창格子窓으로 스며들던
그 따스한 겨울 햇빛이 떠오른다.

더러운 물이 흐르는
성북천城北川을 끼고 걸으며
이십 년 전 처음 찾아 뵌
조선朝鮮의 마지막 선비
조지훈선생趙芝薰先生을 생각한다.

1981. 1. 17.

백항아리

고모집 뒤주 위에 있던
백항아리를 나는 알고 있다
고모가 시집갈 때
할머니가 나누어 주었다는
모란 무늬 있는 백항아리를 나는 알고 있다
집 안을 먼지 하나 없이 깨끗이 하고
하루에도 몇 번씩 백항아리를 닦던
깔끔한 고모를 나는 알고 있다
하나밖에 없는 딸을 정신대挺身隊에 보내고
바늘 꿰기가 어렵게 됐다는
항상 눈물이 괸 고모를 나는 알고 있다
예수쟁이를 욕하던 고모가
성경 끼고 매일 다니던
장터에 있는 예배당을 나는 알고 있다
교인敎人들의 찬송가에 둘러싸여
먼 허공을 보며 임종하던
고모의 모습을 나는 알고 있다
고모부가 재혼한 뒤
새로 들어온 여자가

고물상에 팔아 버린

먼지가 뽀얗게 앉은

벽항아리를 나는 알고 있다.

1979. 8. 7.

세월 歲月

사진첩을 들추다
사진 한 장을 보았다.
어깨동무 하고 찍은 고모들 사진.
단발머리를 하고 잇몸을 드러낸 채
웃고 있는 것은 큰고모
된시앗 보고 머리 싸매고 누워
햇볕에 절은 장독대 진간장처럼
독하게 이를 갈던 큰고모가 생각난다.
그 옆에 가르마 타고 얌전히 앉은 건
아이낳이 한번 해 보지 못하고
나이 삼십에 가슴 앓다 죽은 작은고모.
작은고모부가 말 한마디 없이 재혼했을 때
세간 모두 때려 부수고
씩씩거리며 들어서던 큰고모가 생각난다.
아버지와 만나면
"남매는 단 둘이다"를 부르며
술에 취해 눈물짓던 큰고모.
아버지가 교통사고로 돌아가자

동생 곁에 묻히겠다고
땅을 치고 울던 모습이 생각난다.
아들 내외 미국으로 이민移民 보내고
화투짝만 떼어 보다 쓸쓸히 죽은 큰고모.
누렇게 변색된 사진을 보며
자식 길러 소용없다고
쓸쓸히 웃던
고모 모습이 떠오른다.

1981. 3. 14.

인시 寅時

인시寅時임을 알라

모든 것이 깨어나고 기지개 켜는

인시寅時임을 알라

떠나는 나그네를 위해

주막집 아궁이는 바알갛게 타고

부글부글 밥물이 끓어오르는 소리

인시寅時임을 알라

호랑이도 잠 깨는 인시寅時임을 알라

어느 집 안방에서 아기가 태어나고

수런거리는 뒤설레에 이웃집도 깨어나고

먼 데서 닭이 우는 인시寅時임을 알라

희미한 새벽빛 속에

지붕이 보이고

김이 오르는 우물가에

대추나무도 떠오르는

만상萬象이 깨어나는 인시寅時임을 알라

아무 것도 거리낄 것 없는 인시寅時임을 알라

두 팔을 뻗치고 목청껏 소리쳐도

모든 것을 버리고 다시 시작해도
누구도 탓하지 않는 순수한 시간
한숨을 쉬며 고개를 내저어도
터덜거리며 먼 길을 걷게 되어도
지금은 출발의 기쁨으로 가득찬
인시寅時임을 알라.

1977. 1. 31.

백중날에

흰 종이등에 불을 혀고
단하壇下에 정화수 받쳐 놓고
혼령이여 오라
검은 구름 헤치고.
소나기로 쏟아지는 솔바람 소리
강을 건너, 들판을 지나
너울너울 검은 옷자락을 나부끼며
혼령들이 내려오는 소리.
지아비는 지어미 손을
할아비는 할멈 손을 잡고
바람 속에 엉킨 한 톨 씨앗의 정情으로
이승으로 돌아오네 돌아오네.
향불 살라
두 손 모아 합장하며
달님이여 높이 떠올라
혼령들 오시는 길 환히 밝히시라.
댓피리 섞어 부는 저 바람 소리
애타게 애타게 부르는 소리

외로이 죽은 혼魂은 낯선 대문 앞에서
외로운 사람을 찾아 서성거리고
닭 울기 전 살붙이를 만나 보게 만나 보게……
신발이 닳도록 빈 산을 헤매도
밤새도록 들판을 달려 보아도
발자국 하나 남아 있지 않네
떨어진 머리카락 하나 찾을 수 없네.
죽은 사람은 죽은 사람끼리
바람이 되어 떠나 버리고
외로운 목소리만 남은 내 혼령은
사위어 가는 향불로 떠돌고 있네.

1976. 9. 3.

죽을 자리

어떤 이는 전쟁터에 나가
말안장으로 시체를 싸는 것을
장부丈夫다운 죽음이라 하고
누구는 머리맡에 식구를 두고
평안히 눈 감는 것을
가장 행복한 죽음이라 한다.
사람이란 한 번의 죽을 자리가 있을 뿐
어느 것이 올바른 죽음인가는 알지 못할 것이다.
까마귀밥이 되어 들판에 뒹굴든지
천년유택千年幽宅에 호화롭게 잠들든지
죽음의 참뜻은 그런 것이 아닐 것이다.
비 오는 야전침대 위에서
수렁진 거리에서
사람들은 뜻없이 죽어가고
헛된 영욕榮辱과 미련未練 속에
마음놓고 눈감지 못한다.
화목은 재목이 되기를 바라지 않음을
열매는 가을이 되기를 기다리는 법을

사람들은 알지 못한다.
참된 죽을 자리는
햇빛 비치는 곳에 있음을
착한 눈 속에 있음을 알아야 한다.
오늘도 죽을 자리를 찾지 못해
여기저기 기웃거리는 사람들
나무가 왜 여기 놓이고 저기 놓였는가를
나무 스스로만 알 듯이
나는 나의 죽을 자리를 생각해 본다.
어둠 속에. 더러운 욕망 속에.

1977. 1.29.

죽음 2

새벽에 떠나고 싶네
어둠이 물러갈 무렵
햇빛 밝은 겨울 아침
싸늘한 공기를 타고
내가 죽는 날은 어느 일요일
눈 내린 날이었으면 하네.

자작나무 숲에 세 평 땅을 마련하고
떨어지는 눈 소리를 듣고 싶네
텅빈 목소리는 바람이 되어
하루종일 숲을 달리고
죽은 나뭇가지를 흔들어흔들어
눈으로 하얗게 덮이고 싶네.

아무 말 없이 떠나고 싶네
아무 것도 남기지 않고
새벽빛의 한 끝자락을 붙들고
바람 속에 흐트러졌으면 하네.

우리의 뼈와 살은
흙이 되고 산이 되고
핏방울은 스며들어
작은 씨앗이 되고

새벽에 다시 시작했으면 하네
여기저기 기웃거리지 말고
아무도 살지 않는 빈 산
마음 드는 곳에 자리잡아
잔잔한 겨울 햇빛과
우리만이 아는 얘기를 나누었으면 하네
그렇게 밝은 빛으로 되살아났으면 하네.

1975. 8. 29.

돌담을 쌓으며

이웃 간에 다정히 지내기 위해선
울타리를 쌓지 말아야 한다는 이도 있고
울타리가 튼튼해야 말썽이 없다고
힘주어 말하는 이도 있다.
햇빛이 쏟아지는 돌담을 보며
나는 어느 쪽을 택할지 곤혹困惑에 빠진다.
사람들은 저마다 울타리를 고쳐
담을 쌓고 성城을 쌓고
너와 나의 경계선을 만들어
비밀을 감춘다.
그것이 부끄러운 음모陰謀나 고뇌苦惱가 아니라면
돌담 저편에 무슨 일이 일어나도
관심을 둘 일이 아니라 생각한다.
나의 영토를 보존하기 위하여
땀 흘려 돌담을 쌓는 일은
나무랄 일은 아니라 생각한다.
그러나
봄이 되면 돌담은 무너지고

여름엔 홍수가 다시 휩쓸어 버리고
풀들은 무성히 자라 돌담의 자취를 가리려 한다.
무언가 돌담을 싫어하는 것이 있다고
프로스트 씨는 말한다.
자기 땅의 경계境界를 알리기 위해선
나무 몇 그루를 심으면 될 일이다.
이웃이 칼을 갈고 몽둥이를 들지 않는 한
돌담을 쌓을 필요는 없는 것이다.
돌담은 소리를 막을 수 없다는 것을
하늘을 가릴 수 없다는 것을
햇빛은 내 귀에 속삭인다.
나는 고개를 수그린 채
허물어진 돌담을 수리修理한다
많은 곤혹困惑을 느끼며.

1975. 10. 25.

바다 사계四季

봄이면 바다는 이주移住하는 고기떼로 꽉 찬다. 만조滿潮를 헤치고 비정非情의 손을 흔들며 하나 남은 부재不在의 신을 찾아 푸른 해협海峽을 횡단한다. 어떤 놈은 강을 거슬러 푸른 초원으로, 어떤 놈은 흐린 갈색으로 덮인 해안으로, 싸늘한 여인의 손바닥 같은 찬 물 속으로 제작기 갈려 간다. 섬을 누비며 날아오는 바닷제비나 수평선 저편에서 천천히 헤엄쳐 오는 고래를 나는 모른다. 창백한 어둠 속 깊숙한 푸른 물에 차디찬 해파리 떼는 꾸불꾸불 바다를 가로건넌다.

여름이면 밤 바다는 푸른 불꽃으로 눈부시게 덮이고 시원한 미역 줄기를 헤치며 돌고래 떼는 힘차게 움직인다. 하얀 잔물결을 일으키며 오징어가 그 뒤를 잇는다. 휙 젖히며 꼬누며 내려와 올라 솟구는 작은 갈색 새. 차디찬 안개 얼어빠진 북극에서 나의 첫새끼가 돌아오고 있다. 더러는 적도赤道 저편 넓은 바다로, 더러는 큰고래를 따라 항해한다. 출렁이며 물안개를 일으키며 맞부딪는 바다. 서로 만나 볼 비비며 사랑을 나눌 비만肥滿한 육체의 젊은이가 되기를 기원하며 멀리 헤어진다.

가을이면 바다는 붉게 물들고 한恨 품은 여인의 젖가슴처럼 푸른 독毒을 품는다. 나는 탄력진 몸매에 무조건 매혹한다. 빛나는 물결과 잔잔한 물결과 타오르는 물결 속에 아무 상념도 갖지 않기로 한다. 쇳맛을 촉감하며 따뜻한 위도緯度로 천천히 고기떼는 이주移住한다. 모두들 떠나는 조용한 물 속에서 나는 차츰 불안해진다. 작은 짐을 꾸리고 허둥지둥 흩어지는 물고기를 따라 붉은 바다를 작별한다.

겨울이면 바다는 깊은 잠에 잠기고 새로운 봄을 약속하며 찬란한 꿈을 즐긴다. 흩날리는 눈발 속에 검은 물결은 울부짖으며 혹은 잔잔하게 시들어 철저히 절망한다. 때로 눈제비가 날아와 위로한다. 바다표범들은 남쪽으로 내려온다. 이 숨은 움직임 속에 새로운 삶을 준비하며 나는 차디차게 얼어 죽는다. 무거운 해류海流에 밀리며 작은 고기새끼들은 어느새 알에서 깨어날 준비를 한다. 우리는 잠시 휴식할 뿐이다. 욕망은 꿈틀대며 자라나고 바다는 벌써 살아 움직이기 시작한다.

여자女子를 보는 세 가지 눈

1

부우웅 — 굵은 현絃

첼로를 켜는 여자

귀를 대면 머리칼 사이로

물 흐르는 소리

창 밖엔 바람이 설레던가요

벽에 걸린 초상肖像은

말없이 웃음을 던진다

진실한 그림자는

빈 가슴에 몇 날을 얼룩진다

그 둔탁한 음향은

머리 속에서 뱅뱅 돈다

아아 현기증

첼로를 켜는 여자

나에게 투영投影된 또 하나의 초상肖像은 누굴까.

2

알록달록 고양이는

사랑스럽다

따뜻한 품에 안겨

더러 날카로이 발톱을 내미는

너의 교태嬌態는 모두 사랑스럽다

조그만 옆 눈길에도 시새워하는

불타는 너의 눈은 정말 사랑스럽다

손을 얹어 현絃을 퉁기면

부드럽게 떨리는 소리

나는 옆에서 숨죽이며 듣는다

봄빛 찬란한 고양이 무늬

바로 그 위에 길게 누운 여자

눈을 들어 눈을 맞추면

그는 잘 울리는 악기樂器이다.

3

나의 식탁食卓에 여자는 다가온다

불빛에 입술은 차디차다

가늘게 떨리는 잔주름살

우리의 대화對話는 허영이라구요

그에게서 아무 감정도 느끼지 못한다

묵묵히 술잔을 교환한다

우리는 옛날에 사랑했다구요

눈을 들어 서로 연민憐憫한다

눈물은 아쉬운 순수純粹다
오래 잊어버린 기억이다
얼굴은 포도鋪道에 흐르는 빗줄기같이
번들거린다
창 위에 두 줄기로 흘러 만나는 물방울은
사위어 가는 우리의 사랑이다.

아라베스크

I

물방울 속에 들여다보이는 구름에 엷게 가리운 지구. 청靑, 황색
黃色과 녹색綠色을 곁들인 아름다운 천연색. 들린다, 귀 기울이면
성좌 사이 운행하는 정렬한 금속성. 손오공의 구름을 불러 타고
한 바퀴 일주나 할까. 삼십 억이 꿈틀대는 현란한 시장市場. 내가
주거하는 사방 여덟 자의 땅은 어디 있나. 손가락으로 짚으면 보이
지도 않을 저 조그만 영토는 어째서 일년내내 포연砲煙에 가득
찰까. 하하 우습다. 신神의 수염이여. 하나의 규범은 또 무엇을
생성할까.

II

봄의 소리는 내 귓속에 아른댄다. 어깨에 닿는 여인의 의상은
심장을 감전시킨다. 이글대는 표범의 눈초리여. 떨리는 손바닥은
쇠창살을 잡는다. 나는 그 위에 손을 포갠다. 눈에서 손으로 손에서
눈으로 우리는 마주친다. 봄의 음성은 많은 이야기를 한다. 우리는
눈으로 답한다. 동물원에서 우리의 감정은 표범의 식욕처럼 본능
적이다.

III

돌고래는 해류를 거슬러 온다. 그 뒤를 작은 오징어 떼가 잇는다. 하얗게 반짝이며 갈라지는 은빛 물결이여. 우리의 빛나는 사랑은 그렇게 처절하다. 나는 손가락으로 자꾸만 그네의 머리칼을 빗질한다. 파도 속에 얼굴을 파묻는다. 흐느끼며 회한悔恨하며 쓰다듬어 보는 어깨. 어떤 눈물이 무구無垢한 마음을 얼룩지었나. 무엇이 촉촉한 입술을 짓눌렀나. 가장 완전한 비너스는 물결 위에 태어나 물결 속에 사라진다.

IV

르 꼬르뷔지에. 가장 아름다운 선線. 롱샹의 언덕. 오두마니 세워진 작은 성당. 내가 혼자 하루 종일 무릎 꿇어 앉아 있고 싶은 곳. 단순한 말 한 마디가 나를 사로잡을 때 몇 번이고 되풀이 뇌이고 싶은 곳. 햇빛도 가장 축복받는 그런 밝은 색깔로 가려 비추는 곳. 티도 없이 바람도 없이 그저 사랑하고만 싶은 그런 마음을 주는 르 꼬르비지에. 당신이 남긴 작품 가장 아름다운 선線.

V

눈 위에 빨간 장미이파리 떨어졌다면 당신은 그런 느낌을 던져 준다. 그저 문득 아름답다고밖에 느껴지지 않은 조화調和는 나를 불안하게 한다. 두고두고 은은한 내음을 풍겨 주는 트레머리한 이조李朝 여인 신윤복申潤福의 미인도美人圖. 그런 웃음으로 은근히 맞이해 줄 사람은 어디 있나. 문득문득 스쳐가는 얼굴. 기억도 못할 슬픔이여. 그래도 당신은 단 하나 남은 나의 작은 위안이다.

VI

전진戰陣에 핀 복사꽃. 사월이었다고. 그 때의 서울은 가장 조용하였다. 어디서 노새의 워낭소리라도 들리는 삼백 년 전 안개에 덮인 정선鄭歆의 산수도山水圖였다. 청계천은 이름대로 맑은 물소리. 봄밤은 얼마나 무르익었던가. 전쟁에 부서진 종로鐘路에서 인왕仁旺을 바라보며 얼마나 가슴 뛰었나. 이제는 사백 만의 와중渦中에서 느껴지는 현기眩氣. 아라베스크.

VII

하늘에서 떨어지며 눈을 감는다. 단 3초 얼마나 긴 시간이었나. 가장 위대한 하느님의 손길이 잡아당길 때 하늘의 꽃 파라슈트는 활짝 펴진다. 귀밑을 가르는 바람소리. 다가오는 대지大地. 울렁이는 가슴이여. 포근한 풀밭, 모래사장, 쌓아놓은 짚더미였으면. 솔개는 머리 위를 선회한다. 검은 그림자는 점점 확대된다. 모든 것은 착각, 어두운 허공뿐인데. 비행기의 저음만 아득히 사라진다.

VIII

밤새 기온이 내린 후 유리창에 눈꽃이 피었다. 국화 잎새에 모란 꽃송이. 입김을 불어 가만히 녹였다. 나에겐 죽음도 화려함도 모두 두렵다. 전쟁 중에 낳아 전쟁을 겪고도 아직 덜 자란 탓이다. 아버님 앞에서 말씀을 듣고 어머님 앞에서 머리 숙이는 언제나 걱정스런 자식이다. 세상에 나와 한 평 땅도 제대로 가꿀 줄 모르는, 남과 겨루어 모질지 못한 인간이다.

삼국지 三國志를 읽으며

'난세亂世엔 삼국지三國志를 읽어라'
할아버지의 말씀이 생각난다.

구한말舊韓末 군대해산 때
군복 입은 채 의병義兵이 되어
홍주산성洪州山城 싸움에서 한 달을 버티다
연해주로 만주로 떠돌아다녔다는 할아버지.
할머니는 풍편의 소식을 듣고
아라사 가까운 함경도로
팥죽장사를 다니셨다는데.
1·4一·四 후퇴 때
기차 꼭대기에서 중풍으로 돌아가신
할아버지의 얼굴이 잘 떠오르지 않는다.
대추빛 불그레한 얼굴에
하얀 수염이 유난히 길던
그래서 관운장關雲長의 모습이 떠오르는 할아버지.
무릎에 손주들을 앉히고
삼국지三國志 얘기를 해 주시던

그 구수한 목소리가 생각난다.
조조曹操의 간교한 꾀를 미워하며
충성스런, 늙은 제갈량諸葛亮의 출사표出師表 얘기.
오늘도 어지러운 신문을 들추다
머리맡의 삼국지三國志를 집어든다.

'난세亂世엔 삼국지三國志를 읽어라'
할아버지의 말씀이 생각난다.

1980. 3. 27.

윤동주尹東柱를 읽으며

윤동주尹東柱를 읽는다.

한번도 가 보지 못한 북간도가 떠오른다.

만주로 가서 소식 끊겼다는

얼굴도 모르는 할아버지가

겨울바람 속에 말을 달린다.

희미한 별빛만이

고량을 벤 텅 빈 들판을 비춘다.

눈보라 속에

화주火酒에 취해 월월거리는 꾸리들이 몰려간다.

검정 두루마기를 입은 명동학교明東學校 김약연金躍淵 장로가

성경을 낀 채

스코틀랜드 민요에 맞춰 '애국가'를 부른다.

백골과 한 방에 나란히 누운

윤동주尹東柱의 창백한 얼굴이 보인다.

프랑시스 쟘, 릴케의 시집詩集이 머리맡에 놓여 있다.

흥안령을 넘어온 바람이

부끄럽지 않느냐고 귓전을 때린다.

흰옷을 입은 내가 얼굴을 비춰 보려고

윤동주尹東柱가 들여다본 우물을 찾아간다.

1983. 1. 15.

겨울 이야기 2

1

당나귀를 끌고

언덕을 넘어가고 있었다

은자隱者의 짤랑거리는 방울소리는

따뜻한 나라로 가고 있었다

피곤에 지쳐 들리는 주막집마다

퍼지는 웃음소리

인생이란 화투장과 같다고요

모든 건 그저 돌고 도는 세상

거리에서 만난

가롯 유다 같은 친구

술 한 잔으로 날 속일지라도

은전 세 푼에 팔릴 만한 가치나 있을라구

지껄이는 나그네의 세상 물정 얘기

목쉰 개는 달을 보고 월월 짖는다

컬컬한 탁배기 한 잔

어깨를 툭툭 치며
돌아가는 언덕길
무정한 계절이여.

2

들까마귀는 하늘을 덮고
서리친 언덕
짓밟고 간 발자국마다
경계 태세를 취하며
우리는 그 뒤를 행군종대로 간다
몇 밤이고 코피를 쏟으며
달리던 광야曠野
눈 내리던 거리
전선戰線으로 떠나던 열차에서
눈물 흘리던 어머니
바로 그 날을 기억한다
내 사물私物은 편지뭉텅이뿐
안부安否를 띄울 시간조차 없구나
늙은 상사의 호령에
내 혼은 이미 저당잡힌 것
등화관제하燈火管制下의 야영野營은
초병哨兵의 눈초리만 날카롭다.

3

지붕 위에선
비둘기들이 추워서 떤다
햇빛 속에 콩을 뿌리며
나도 추워서 떤다
전쟁이 지난 후
십 년은 더 늙었나 보다
뿌우연 겨울하늘처럼
내 눈동자는 흐리다
방아쇠를 당기던 마디진 손은
이제 아무 쓸모없이 되었다
구부러진 허리로 당나귀나 끌며
눈 내린 저 언덕을 넘어야지
더러 주막에서 친구와 만나
술잔이나 기울여야지
지나간 낡은 이야기라도
노병老兵은 눈물겹구나
내일은 전장戰場을 착각하며
늙은 당나귀만 어루만진다.

광화문에 내리는 눈은

오 대니 보이

용산역에는 하루 종일 눈이 내렸다.
크리스마스 이브인데도
성가대의 찬양도 캐롤 송도 들리지 않았다.
서울역에서 기차를 타고 이곳에 온 지도 벌써 이틀
열차는 움직일 줄 몰랐다.
사람들은 짐 보따리를 메고 지고 우왕좌왕할 뿐
기관차에서 뿜어내는 매캐한 연기와 수증기처럼
어느 기차가 떠날 거라는 소문만 무성했다.
열차에도, 화물차 지붕 꼭대기에도
사람들로 가득 차고
가끔 탱크와 야포를 실은 군용열차만이 남쪽으로 움직였다.
먼 데서 들리는 포성 소리가 금방 덮칠 것 같았다.

열차 지붕 꼭대기에서 떨어질까 봐
온 식구가 서로 끈으로 묶고
이불을 푹 뒤집어 쓴 채
눈보라와 함께 기차는 남南으로남으로 달렸다.
어쩌다 기차가 한 번 서면 몇 시간, 며칠을 움직일 줄 몰랐다.

주변엔 김밥, 주먹밥 장수가 들끓고

냄비에 밥을 짓고, 밤새 얼어 죽은 시체를 파묻느라고 떠들썩했다.

열차 주변은 금방 지린내로 덮이고

아무 데나 용변 본다고 누구 하나 욕하는 이도 없었다.

대전 지나, 추풍령 고개를 넘어 김천, 대구를 지나며

열차에 탄 사람 수는 눈에 띠게 줄었다.

시퍼렇게 얼어붙었던 표정엔 화색이 돌고

곧 도착할 부산 사투리를 흉내내며 까르르 웃기도 했다.

그때 어떤 국민학교 학생이 부른 '오 대니 보이'.

삼랑진역에서 본 푸른 겨울 보리와 함께

50여 년 전 그 노래 소리가 아직도 내 귓전에 울린다.

2003. 3. 30.

자

언제부터인가 나는
마음 속에 자를 하나 넣고 다녔습니다
돌을 만나면 돌을 재고
나무를 만나면 나무를 재고
사람을 만나면 사람을 재었습니다
물 위에 비치는 구름을 보며
하늘의 높이까지 잴 수 있을 것 같았습니다
나는 내가 지닌 자가
제일 정확한 자라고 생각했습니다
내가 잰 것이 넘거나 처지는 것을 보면
마음에 못마땅하게 여겼습니다
그렇게 인생을 확실하게 살아야 한다고 몇 번이나 속으로 다짐했
습니다
가끔 나를 재는 사람을 볼 때마다
무관심한 체하려고 애썼습니다
간혹 귀에 거슬리는 얘기를 듣게 되면
틀림없이 눈금이 잘못 된 자일 거라고 내뱉었습니다
그러면서 한 번도

내 자로 나를 잰 적이 없음을 깨닫고
스스로 부끄러워졌습니다
아직도 녹슨 자를 하나 갖고 있지만
아무 것도 재지 않기로 마음먹고 있습니다.

1985. 5. 20.

산

산이 있어 산에 오른다는 이도 있고
하늘 가까이 별의 소리를 듣기 위해
산에 오른다는 이도 있습니다.

산은 사람을 기르고
어진 신선이 살고 있다는 말도
이젠 모두 옛말이 되었습니다.

옛날엔 어지러운 세상을 피해
산 속에 몸을 숨기고
새 소리 바람 소리와 지낼 수 있었지만

나비 한 마리 마음 놓고 숨어 지낼 수 있는
사람 발자국 닿지 않는
그런 산은 이제 아무 데도 없습니다.

사람들의 거친 숨소리와
내지르는 고함 소리에

신神들도 모두 도망가 버렸습니다.

그러나
나만이 알고 있는
보이지 않는 산이 하나 있습니다.

봄이면 나무꾼이 진달래를 꽂고 내려오고
신선이 학을 기르며 살고 있는 산입니다.

어느 날
사람들이 용하게 알고 찾아오면
그 산이 불끈 화를 내며 어디로 없어질까봐
그게 걱정이 됩니다.

1986. 8. 22.

별

전철을 타고 한강을 지나며
문득
유난히 빛나는 초저녁 별을 보았습니다
저 별에는 이중섭李仲燮의 아이들이
천도복숭아를 가지고 놀고 있을 거라는
생각을 하다가
순결하게 살다 죽은 윤동주尹東柱의 얼굴이 떠올랐습니다
그러면서 나이답지 않게
무언가 애틋하게 잃어버린 그리움 같은 것들이
왈칵 밀려왔습니다
한 송이 들꽃에도 가슴 저려하고
바람 한 줄기에도 마음이 들뜨던
그런 나를 잊고
바쁘게 살아온 날들이 부끄러워졌습니다
나는 승천하여 별이 되고 싶었습니다
내내 그런 생각에 잠기며 집에 돌아왔습니다
전자오락실에서 늦게 온 아들을 데리고
아파트 옥상에 올라갔습니다

수많은 별들이 겨울 하늘 속에 반짝이고 있었습니다
영문을 몰라하는 아들에게
별자리를 하나씩 가리켰습니다
별들은 지상에 내려와
우리들 가슴에 따뜻하게 자리잡기 시작했습니다
그러나 그 별들이 아들 가슴 속에서
어떤 빛깔로 반짝였는지
나는 아직 모릅니다.

1985. 2. 2.

이무기

그 호수엔 이무기가 산다고 했습니다.
비 오는 날이면
시커먼 이무기가 하늘로 올라가려고
번갯불이 닿기를 기다리며
흐린 물이 소용돌이친다는 거였습니다.
어릴 적
어쩌다가 아이들과 호숫가에 가도
이무기가 나올까봐
돌팔매질 한번 쳐 보지 못했습니다.
사촌형 따라 낚시질 가서도
나는 떨어져 메뚜기만 잡으며 혼자서 놀았습니다.
고향을 떠나고 어른이 된 후
그 호수는 먼 전설처럼 내 기억에 남았습니다.
그래도 비 오는 휴일이면
아파트 창을 통해
습관적으로 한강을 바라보곤 했습니다.
삼십 년 만에 국민학교 동창회가 열렸던 날
이무기가 살고 있다는 그 호수 얘기도 나왔습니다.

몇 해 전 몹시 가물었던 해
양수기로 바닥까지 물을 뽑았을 때
깨진 그릇 조각밖에 아무 것도 없었답니다.
그날 밤 나는 잠을 이룰 수 없었습니다.
내가 모르는 어느 사이에
하늘로 올라가 버린 이무기를 보지 못한 것이
안타까웠기 때문입니다.

1984. 6. 22.

성 城

마음 한 귀퉁이에 쌓아 둔
낡은 성城을 허물기로 했습니다
햇빛 하나 들지 않고
먼지만 쌓인
음습한 성이 싫어졌습니다
거미줄 친 방에 쭈그리고 앉아
갖은 몽상에 시달리던
그 동안의 세월이 후회되었습니다
내가 마음 속에 그려 본 성은
지붕 꼭대기에 노란 깃발이 날리고
성벽엔 사철 장미 넝쿨이 둘러 있는
그런 작은 성이었습니다
쓸데없는 거친 눈초리를 피하고
나만이 지닌 얘기를 가꾸기 위해
새로운 성을 쌓기로 했습니다
주춧돌 몇 개만 놓은 지금
그 성이 언제 완성될지 모릅니다
뜨거운 볕과 바람 속에서

많은 땀을 흘려야겠지요
하지만
지붕 꼭대기에 노란 깃발이 날리고
아름다운 음악이 흐르는 그날
당신을 꼭 초대하겠습니다.

1985. 1. 22.

국밥

국밥이 먹고 싶다.

밤새 양지머리를 푹 고아 만든
옛날 유명했다던 무교동 국밥,
대구 시청 건너편 골목집
뻘건 기름이 둥둥 뜬
맵디매운 따로국밥도 먹어 보았지만

무를 숭숭 썰어 넣고
고기 몇 점을 얹어 끓인
흰 쌀밥을 만 국밥이 먹고 싶다.

전쟁 때 고모네 집 근처로 피난가
밀기울로 연명하던 때
아버지에게 몰래 국밥을 사 먹이던
고모를 나는 알고 있다.

고모 집에 문득 들어선 나를 보고

아버지는 수저를 놓아 버리고,
자식 때문에 애비 말라 죽겠다는
도끼눈 뜬 고모 말에
나는 울며 문 밖으로 뛰쳐나가고,
뒤따라 나온 아버지에 끌려가
한 그릇 얻어먹은 국밥.

국밥이 먹고 싶다.

무더운 여름
부채질해 주시는 아버지 옆에서
뜨거운 국물을 후후 불어 가며
목메어 먹던 그 국밥이 먹고 싶다.

1986. 11. 23.

권진규權鎭圭의 닭

밤마다
쇠사슬을 끌면서
권진규의 영혼이
펄럭이는 촛불 사이로 걸어왔다
서역의 승려를 닮은
콧날이 날카로운 비구니 상이
그림자를 일렁이며
벽에서 마주 웃고 있었다
그는 검정 고무신짝을 태워
아궁이에 토우土偶를 구우며
매캐한 연기 속에 울고 있었다
사람들은 그의 뒤통수를 손가락질하며
욕설을 퍼부었다
권진규는 두 손으로 귀를 막고 입만 벌렸다
아아 그 때
시뻘건 아궁이 속에서
수탉 한 마리가 걸어 나왔다
목매달아 죽은

그의 작업대 한 귀퉁이에

홰를 치며

마악 목청을 뽑으려는 자세로 서 있었다.

1984. 6. 26.

한강의 돌

나는 어디서 굴러왔는지
늘 의문을 지닌 채 살아왔습니다
홍수에 밀려
부대끼며 곤두박질치며
매년 조금씩 하류로 밀려왔지만
내 고향이 원래 어느 산골짜기인지
너무나 오랜 세월이 흘러 잊어버렸습니다
오랫동안 물 속에 머물기도 하고
더러는 맨몸을 햇빛에 드러내 놓은 채
일 년 내내 하늘만 바라보며 살기도 했습니다
내가 보고 듣고 한 사실들을
이제는 얘기할 힘도 없습니다
어떤 때는 이끼들이 온몸을 덮기도 하고
어떤 때는 풀씨가 날아와
내 옆에서 꽃을 피우고 살다 죽기도 했지만
내 모진 목숨보다 더 긴 것은
아직까지 본 적이 없습니다
어떤 친구는 자갈채취선에 실려 가

시멘트 덩어리에 영원히 처박히기도 하고
어떤 친구는 분쇄기에 가루가 되어
형체조차 없어졌지만
그래도 오늘까지 용하게 나는 목숨을 부지해 왔습니다
오직 바라는 건
그런 끔찍한 일이 나에겐 일어나지 말기를 빌며
바다까지 무사히 굴러가는 일입니다
오늘도 한강을 다스리는
불도저의 불안한 엔진 소리를 들으며
멍하니 서울의 명멸하는 불빛을 바라봅니다
나는 한강에 누워 있는 한 개의 돌입니다.

1985. 5. 2.

바람

들판에 부는 저 바람이
어디서 불어오는지 나는 알지 못합니다
나뭇가지를 스치는 한 줄기 바람이
작은 시내를 이루고 여울을 짓다가
어느 날 무서운 돌풍이 되어
집을 허물고
나무를 밑둥째 뽑을 수도 있으리란 걸
알고 있을 뿐입니다
지금 내 귓전을 스치는 바람은
아름다운 노래를 읊조리고
들판의 꽃들을 흔들어 깨우고
내 마음을 연처럼 공중에 높이 날립니다
그러나
눈에서 눈으로 소곤거리는
바람 소리를 들으며
들판에 부는 저 바람이
언제 매서운 칼날이 되어
내 가슴을 후비고 아픈 상처를 남길지

조금씩 불안해집니다

오직 바라는 것은

그저 기도하는 심정으로

평화로운 저녁 종소리를 싣고 오기를

간절히 기다릴 뿐입니다.

1985. 2. 25.

풀씨

나는 자갈돌 틈에 부대끼며
이곳에 몇 대代인가 붙박이로 살아왔습니다
장마가 져 뻘밭에 모가지만 내놓고
겨우 목숨을 붙이기도 하고
흘러온 나무토막에 짓눌려
햇빛을 아쉬워하며 몇 년을 살기도 했습니다
나는 시냇물 저편 언덕으로 가고 싶었습니다
그 곳엔 미루나무 잎사귀가 햇빛에 반짝이고
바람도 살랑이며 손짓하는
아름다운 곳이었기 때문입니다.

어느 날 바람이 몹시 심하게 불던 날
정신없이 뒹굴며 곤두박질치며
시냇물 저편 언덕에 내팽개쳐졌습니다
낯선 곳에 어찌어찌하여 뿌리를 내리고
이렇게 겨우 자리잡게 되었습니다
주변을 돌아봐도 모두 낯선 얼굴뿐
그들은 이상한 눈초리로 나를 보곤 했습니다

가끔 양이나 소가 혓바닥으로 핥고 지나갈 땐
온 몸이 부들부들 떨렸습니다.

언덕 위에서 내려다보는 내가 살던 곳은
너무나 아름다운 곳이었습니다
새파란 시냇물이 감싸듯 안아 흐르고
달 밝은 밤엔 동화의 나라처럼 보였습니다
몹시 가물 때면 목구멍을 헐떡이며
나 살던 곳을 더욱 그리워합니다
이제는 어쩔 수 없는 몸이지만
살던 곳이 보이는 곳에 자리잡게 된 것만도
다행으로 생각할 뿐입니다.

1989. 6. 11.

독수리

하늘로 오르고 싶습니다
저 높은 산등성이를 넘어
구름을 지나
짙푸른 저 하늘 꼭대기에서
다시 한번 땅을 내려다보고 싶습니다
내가 한번 나래를 펼칠 땐
뭇새들이 자취를 감추고
토끼나 다람쥐 같은 작은 짐승도
숨을 죽이고 숨었습니다
나는 두려울 게 없었습니다
구름 사이를 지나 멧부리를 타고 넘으며
나는 맘껏 자유로웠습니다
이제 피 묻은 상한 날개를 퍼덕이며
바위틈에 몸을 기대고
흐릿한 눈으로 산 밑을 봅니다
몇 시간 후면 사냥개를 앞세우고
틀림없이 사람들이 몰려올 것을
나는 압니다

어느 집 응접실에 박제가 되어
날개를 벌린 채 서 있게 될까요
달려드는 사냥개 한 놈쯤
눈깔을 쪼을 준비를 하고
멍하니 푸른 하늘을 바라봅니다.

1985. 3. 24.

광화문에 내리는 눈은

눈이 내린다.
광화문에 눈이 내린다.

대쪽 같은 성격으로 올바른 나라 사랑의 길만을 찾다, 남곤南袞·
심정沈貞 무리의 미움을 받아 휘지 못하고 꺾여 버린 조광조趙光
祖. 언 땅에 무릎을 꿇고 눈물을 묵수墨水 삼아 임금께 옷자락
상소를 쓰던 그의 모습이 눈 속에 보인다.

눈이 내린다.
광화문에 눈이 내린다.

삼청동 골짜기, 아이들을 모아 습진習陣놀이를 하는 어린 이순신
李舜臣이 눈 속을 달린다. 노량 해협, 꿈틀대는 겨울 바다, 튕기는
불꽃과 날아가는 화살 화살들. 힘차게 치는 노한 북 소리가 귀에
들린다. 충무공 동상이 이글이글 타는 눈으로 눈 내리는 거리를
엄숙히 내려다보고 있다.

광화문에 내리는 눈은

총독부 건물의 낡은 게다짝 소리를 지우고,
경복궁 돌담에 서린 젊은이들의 아우성 소리를 뒤덮고,
일 년 내내 눈물 흘리게 하던
거리에 흩어진 최루탄 냄새도 덮어 버린다.

눈이 내린다.
광화문에 눈이 내린다.

밀려오는 자동차들은
순백의 눈송이들을 짓밟고 지나가지만
광화문에 내리는 눈은
그침 없이 내리고 또 내린다.

1986. 12. 28.

두보杜甫를 읽으며

중국 지도를 펼쳐
양자강을 짚어 오르면
두보가 유랑하던 조각배가
동정호洞庭湖에 떠돌고 있다.

난리에 죽은 귀신들의 울음소리가
여울물 소리에 섞여 들리고
멍하니 바라보는 강물엔
앞을 가릴 치마도 없이 시들어 가는
만 리 밖 늙은 아내가 떠오르는구나.
밤 깊어 전쟁터를 지날 때
서늘한 달빛 아래 뒹구는 백골은 번쩍이고
사람을 잡으러 온 '석호리石壕吏'에게
징징대며 하소연하던
아낙네의 모습이 선연하다.
살아있을 수 있다는 것만 해도
얼마나 고마운 일이냐.
언제 우리에게

하루라도 평안한 날이 있었을까.

쑥대 굴헝이 된 성도成都 초당草堂엔

여전히 반딧불이 날고

완화계浣花溪 물 소리는 한창 드높을 것인데

최루탄 연기로 가득찬 종로 거리를

두보처럼 기침을 하며하며

뜨거운 뙤약볕 밑을 지척거리며 걷고 있다.

1986. 8. 31.

칼

밤마다 칼을 간다.

무뎌지지 않기 위해
녹슬 틈을 주지 않기 위해

밤마다 칼을 간다.

불빛에 섬뜩한 인광燐光이 비칠 때까지
귀신도 질려 몸서리칠 때까지
새파랗게새파랗게
날을 세운다.

내 칼은
버힐 수도 자를 수도 찌를 수도 있지만
나는 그냥 칼을 갈 뿐이다.

어쩌다 칼을 갈지 않는 밤이면
벽에 걸린 칼은 피를 부르며 울고

온갖 욕망 속에 낯선 얼굴들이 떠오른다.

밤마다 숫돌에 칼을 간다.
나를 둘러싼 더러운 것들을 자르기 위해
꿈틀대는 욕망을 죽이기 위해
숫돌이 얇아져 두 동강이 나도록
오늘도 습관처럼 칼을 간다.

1990. 12. 11.

불

사람은 가슴 속에 불을 지니고 지내는 법이란 말을 듣고
어릴 때 나는 깜짝 놀랐습니다
대장간의 그 시뻘건 불과
요술쟁이 입에서 내뿜던 불길이 떠올랐습니다
속이 타서 담배를 태운다는 어른들 얘기가
영 이해할 수 없었습니다
전쟁 때 막냇삼촌을 군대에 보내고
가슴이 탄다고 노상 가슴을 두드리던 할머니를
한참 동안 지켜본 적이 있었습니다
그러나 길게 내뿜는 한숨뿐
어디에서도 불의 모습을 찾을 수 없었습니다
내 가슴에도 불꽃이 피어오름을
중학교 때 어떤 소녀애를 보고 처음 알았습니다
그 불꽃은 자라 뜨거운 불길이 되어
걷잡을 수 없이 활활 타오름을
4·19 때 세종로에서 보았습니다
인생을 살아가며
그 가슴 속의 불은

저마다 빛과 뜨겁기가 다르다는 걸 알았습니다
그리고 그 불이 하나가 될 때
모든 걸 한꺼번에 태운다는 것도 알았습니다
나이 든 지금
내 가슴의 불은 많이 사위었지만
아직은 작은 불씨로 살아 있습니다
오늘도 사람들의 눈을 통해
저마다 다른 불꽃을 들여다봅니다
그러다 아무런 빛도 없는 사람을 보면
내 작은 불씨라도 조금 나누어 주고 싶어집니다.

1985. 2. 8.

빅토르 최

카자흐스탄에서 태어나
스물 여덟 살에 라트비아에서 교통사고로 죽은 사내.

네 이름은 '빅토르 로베르또비취 쪼이'지만
나는 그냥 빅토르 최라 부르련다.

통기타에 맞춰 부르는
나지막하고 어두운 네 목소리는
군대 시절의 젊은 나이로 나를 이끈다.

나도 '혈액형'이 새겨진 군번표를 목에 걸고
춥고 어두운 긴장 속에 떨며
열차로, 다시 트럭에 실려 자대自隊에 도착하였다.

눈부시게 비치는 서치라이트 불빛
끝없이 반복되는 앉아 번호
우리가 제대할 때까지 전쟁이 일어나지 말기를
얼마나 빌고 또 빌었던가.

빅토르 최

너는 나와 핏줄이 통할 뿐

그 핏줄의 흐름의 경로를 잘 모른다.

아마도 연해주나 사할린에서

냄새 나는 가축 운반 열차에 강제로 실려

민들레 꽃씨처럼 그 먼 곳까지 갔으리라 짐작될 뿐

네가 공장의 화부로 고생한 사실도 잘 모른다.

페레스트로이카!

너는 변화를 노래하고 자유를 부르짖었지.

그리고 사람들은 너의 노래를 미친 듯이 함께 불렀지.

눈에 봄을 담은 음유 시인吟遊詩人

빅토르 최.

너는 어디로 갔느냐.

하늘과 땅 사이에 전쟁만 있는 이 지구가 싫어

'태양이라는 이름의 별'로 떠났느냐.

오늘도 모스크바 아르바트 거리엔

헝클어진 긴 머리칼, 활활 타오르는 너의 눈빛

별이 된 너의 모습을 떠올리며

사람들은 어둡고 무거운 너의 목소리를 잊지 않는다.

그리고 더 많은 '빅토르'를 찾아 헤맨다.

2002. 1. 20.

그 해 여름

    1

그 해 여름
오랜 가뭄에 감나무 잎새도 시들었고
중풍 든 사사끼 씨 집 울타리 밑에서
퀭한 그 노인의 눈초리를 피해
나는 돼지감자를 몰래 캐고 있었다.

해방이 됐다는
읍내 갔다 온 마을 사람 소식에
온 동네는 벌컥 뒤집혀
서로 아무나 껴안고 울음을 터뜨렸다.

소학교 운동장 한 구석에 서 있던
신사神社를 도끼로 때려 부수던 날
소 잡고 막걸리 빚어
꽹과리에 장구 치며 하루 종일 신나게 놀았다.

아무 것도 모르는 우리 꼬마들도
어른들이 주는 대로 넙죽넙죽 막걸리를 마셨고

취해서 뛰어다니며 장난질해도
누구도 야단치지 않았다.

중풍 든 사사끼 씨가 구루마에 실려
이삿짐 싣고 읍내로 가던 날
동네 부인네들은 치마꼬리로 눈물을 훔치며
불쌍하다고 조용히 속삭였다.

2

그 해 여름
임진각 가는 홍제동 길에
장맛비는 세차게 쏟아지고
아스팔트 위에 대학생들이 겹겹이 누워
'우리의 소원은 통일' 노래를
목이 쉬게 부르고 있었다.

최루탄은 뿌옇게 터지고
사람들은 우산도 팽개친 채
손수건으로 눈을 가리고
울면서 빗속으로 뛰어갔다.

전쟁이 터지던 그 날

목이 쉬게 군가를 부르며
트럭에 실려 총 한 자루 없이
미아리 고개로 가던 젊은이들이 생각났다.
최루탄 연기를 피해 울면서울면서
나는 골목길을 혼자 걷고 있었다.

비는 어느새 그치고
문득 고개를 치켜들었을 때
나는 분명히 보았다
교회 첨탑 십자가에
슬픈 얼굴을 하고 있는 윤동주尹東柱의 얼굴을.

1994. 3. 4.

감격시대

신문을 보아도 TV를 보아도 도무지 감격할 일이 없습니다.

전부 다 '개새끼들' 아니면 벌레보다 못한 놈들뿐

나이 들어 괜히 흥분하고 통탄할 일밖에 남지 않았군요.

그렇지 않아도 혈압이 높은데, 그런 놈들 때문에 흥분할 필요는
없겠지요.

알에서 갓 깬 거북이 새끼들이 서로 달음박질쳐서 파도치는 바다
에 도달했을 때

지난 월드컵 축구 때 사람들이 시청 앞 광장에 모여 한마음으로
모여 응원할 때

정말 감격하고 감동의 심경으로 몸을 부르르 떨었지요.

폴란드 팀을 이기고, 기적같이 이태리를 이기고, 스페인 팀을 승부
차기로 이겼을 때

사람들은 제 정신이 아니었지요.

스포츠 이외의 일로 감격한 일이나 감격할 일은 없었을까요

전부 '개새끼들' 때문에 인생을 사는 것이 신이 안 나고 울화통만
터지는군요.

옛날 같으면 나는 지조 있는 선비였을지도 모르지요.

꽃 한 송이에도 의미를 부여하고 대나무 한 그루에도 사는 뜻을

찾았을 겁니다.

언제쯤 나는 다시 부르르 떠는 감격의 기쁨을 맞볼 수 있을까요.

진정으로 하늘을 향해 두 손 모으고 기도할 수밖에 없겠습니다.

우선 내가 남을 괴롭히는 '개새끼'가 되지 말고 벌레보다 못한 놈이 되지 말아야겠지요.

오늘도 신문을 보면서 구둣발을 들어 벌레보다 못한 놈들을 깔아뭉개는 자세를 취합니다.

살아가면서 감격은 바라지 않아도 내가 벌레보다 못한 놈이 될 때 내 구둣발로 나를 짓뭉개겠다 결심해 봅니다.

감격시대는 언제쯤 다시 올까요? 나도 거북이 새끼처럼 죽자 하고 바다로 향해 달음박질해야 할까요.

2005. 8. 4.

대마도를 바라보며

맑은 날
부산 영도 목장원 전망대에 오르면
대마도가 눈앞에 가까이 보입니다.
닭소리 개소리도 귀에 들릴 듯
손을 뻗치면 손이 닿을 것 같습니다.
저렇게 가까운 땅이 일본 영토라는 것이 믿어지지 않습니다.
한반도가 저들의 대륙의 젖꼭지라 생각하고
신라 시대 이전부터 아무런 부끄러움 없이
저들은 한반도를 훔치고 빼앗고 한반도를 빨아대며 살아왔지요.
해방 이후 자유당 정권 때
도둑고양이처럼 온갖 화장품과 옷감과 전자 제품을
밀수하여 팔아먹던 대마도 주민들
일본과 우리 사이에 대한해협이란 국경선이 없었다면
그들은 경상도 사투리를 쓰며
남해안 일대에 왜포倭浦를 다시 열었겠지요.
홍주산성 싸움에서 한 달을 버티다
왜놈들에게 붙잡혀 대마도에 끌려가
일체 먹을 것을 거부한 최익현 선생이 떠오릅니다.

우리는 일본에 질 수도 타협할 수도 없는데
바다낚시를 꿈꾸며 남몰래 대마도로 가는 낚시꾼들이 많다면서요.
손주들을 무릎에 앉히고
대마도가 어느 나라 땅인지 얘기를 해 줄 의향은 갖고 계신지요.
이종무 장군을 들먹일 게 아니라,
500년 전 이순신 장군이 대마도를 휩쓸어 버려야 하는 건데
날 좋은 날
부산 영도 목장원 전망대에 오르면
대마도가 눈앞에 보입니다.
경상남도 대마도군으로 보아야 할는지
눈을 부릅뜨고 총칼을 부여잡은 채 그들을 경계해야 할는지
귀를 모으고 들려오는 개소리 닭소리가 있는지
관심있게 대마도를 바라봅니다.

2005. 5. 16.

집

집을 잃어버렸습니다
술에 취하지도, 기억력을 잃은 것도 아닌데
집을 찾을 수 없었습니다
콧노래를 흥얼거리며 드나들던 낯익은 골목을
몇 번씩 뒤져도
우리집은 없어져 버렸습니다
내가 무슨 잘못에 빠졌나
멍하니 서서 생각해 보았지만
정말 이상한 일이었습니다
성냥을 그어 집집마다 문패를 보았지만
내 이름자는 없었습니다
어릴 때 집을 잃고 울던 생각이 났습니다
황혼 무렵 고무신짝을 두 손에 들고
해 지는 쪽으로 무작정 달리던 모습이 떠올랐습니다
낯익은 우리집 천정 무늬며 벽에 걸린 그림들이
내 앞에 다가왔습니다
식탁에 앉아 얘기하고 있는 식구들 얼굴이
하나씩 나타났다 사라졌습니다

내 집을 찾아 달라고 찾아 달라고
목청껏 소리질렀습니다
그러나 사방에서 개 짖는 소리뿐
대문을 열고 내다보는 사람은 아무도 없었습니다.

1985. 1. 25.

비밀의 집

언제부턴가 내 가슴속에
비밀의 집을 한 채 짓고 있었습니다
벽돌 한 장씩 쌓아 올리며
온갖 아름다운 생각을 다 떠올렸습니다
방은 하나만 만들고
창문도 하나만 만들기로 했습니다
방 안 가득히 그림과 책으로 채우고
심심할 땐 하모니카를 불기로 했습니다
그 가슴을 설레게 하던
영원히 젊은 '데미안'처럼 살고 싶었습니다
그러나 세월이 가도 그 집은 완성되지 못하고
나는 오랜 동안 그 집을 까맣게 잊고 있었습니다
문득 생각이 떠올라 그 집을 찾아가면
거미줄이 쳐 있고 먼지만 뿌옇게 앉아
나는 그 집을 허물고 새로 짓기로 했습니다
이번엔 좀 어른 같은 생각을 가지고
멋있는 집을 짓기로 했습니다
그러자 온갖 음흉한 생각이 다 떠올랐습니다

많은 사람들이 이상한 눈빛으로 나를 보는 것 같았습니다

나는 태연스런 표정을 짓기가 어려웠습니다

집을 지을 생각을 지워 버리기로 했습니다

그 후 벽돌 한 장 더 쌓은 적 없지만

낮에는 햇빛이 환히 비추고

밤에는 별빛이 내리비치는

짓다 만 비밀의 집 한 채가

아직까지 내 가슴 속에 남아 있습니다.

1989. 1. 10.

문패

우리집 책장 책꽂이 뒤쪽에 숨겨 둔
내 이름 석 자 새겨진 문패,
내가 스무 살 되던 날
아버지가 새겨 오신 나무 문패,
글씨 잘 쓴다는 친구분에게 부탁하여
정성스럽게 만든 큼직한 문패,
아버지 문패 옆에 내 문패를 걸고
광 열쇠를 물려받은 며느리보다
나는 더 가슴 두근거렸다.
그 후
모진 바람에 휩쓸려 집은 흔들리고
집을 옮기면서 방은 하나씩 줄어들고
어느 틈에 내 문패는 자리를 잃어버렸다.
목숨을 이어 가는 데만 정신이 팔려
문패의 존재는 아주 잊어버린 채
헐떡이며헐떡이며 살아왔다.
불쌍한 문패여
떳떳하게 내 이름자를 내걸 수 없는 안타까움이여

차라리 어느 산골짜기

햇빛 바른 등성이에 세운

묘비에나 내 이름자를 내세워야 할 것인가.

1986. 12. 10.

볼레로

회사가 문 닫던 날
우리들은 쓴 소주를 한 잔씩 하고 뿔뿔이 헤어졌다.
밀린 임금을 받기 위해
노동부로, 검찰청으로 부지런히 다녔다.
모든 것은 허사가 되고 쓸데없는 이력서만 수북이 쌓여 갔다.
공사판을 전전하다 어느 틈에 부산 광안리 바닷가에 도착했다.
멀리 고층 아파트 불빛을 바라보며
집 없는 자의 설움을 뼈저리게 느꼈다.
밤바다는 물결을 토해 냈다가 다시 휩쓸어 가고
문득 30년 전 총각 시절, 남해도 여행길 바닷가가 떠올랐다.
소 먹이던 어떤 노인은
자기 아들이 '서울 공대'에 다닌다고 자랑스럽게 말하고
가지고 간 라디오에서 음악이 흘러 나왔다.
끊임없이 반복되는 라벨의 '볼레로'.
처음에는 약하고 느리게 연주되다가 점점 강렬해지는 멜로디.
나는 '볼레로'를 들으며 토담집으로 쭉 연결되는 마을까지 왔다.
그렇게 인생은 돌고 돌았다.
광안리 밤바다는 어떤 때는 약하게 때로는 거칠게 파도치며

살아 있으면 나에게 움직이라고 속삭였다.

움직이면 살 수 있다고 더러 악을 썼다.

오늘도 라벨의 '볼레로'를 들으며

내 인생은 어디쯤 진행되고 있을까 생각해 본다.

2001. 6. 3.

살곶이 다리

한양대학교 옆
시꺼먼 물이 흐르는 중랑천 하류에
살곶이 다리가 있네.
잉어가 뛰고 메기가 유유히 헤엄치던 곳
지금은 철 모르는 아이들 몇이
다리 위에서 뛰놀고 있네.

이 다리 위로
남한산성으로 피난 가
40여 일 동안 청나라에 항쟁하던
인조仁祖도 결국 삼전도三田渡에서 무릎 꿇고 돌아오고,
임오군란壬午軍亂 때 궁녀 복색으로 장호원으로 도망갔던
민비도 돌아왔지만
이 다리를 건너간 할아버지는 소식이 없네.

훈련원에 다니시던 증조부가
임오군란 때 청나라 오장경 군인들에게
무참히 살해된 뒤

졸지에 고아가 된 할아버지.
시집가지 않은 처녀 이모가 거두어 키웠단다.
몽둥발이로 온갖 쓴 맛을 보며 자랐단다.

더러는 만주로 갔으리라고
돈 많이 벌어 비단옷 입고 돌아오리라고
할머니는 소식 없는 남편을 기다리며 늙으셨단다.

살곶이 다리 위로 얼마나 많은 구름이 흘러갔으며
또 얼마나 많은 물이 다리 아래로 흘러갔는가.
전철을 타고 가며 이 다리를 볼 때마다
아버지 두 살 때 이 다리를 건너가 소식 없다는
얼굴도 모르는 할아버지를 생각한다.

2001. 6. 2.

골목길

오동나무가 한 그루 서 있고
돌담 너머 배부른 독들이 고개를 빼고
내려다보고 있는 골목길
장사꾼들도 그냥 지나치고
잘못 들어온 사람들은
죄 지은 듯 황급히 발길을 되돌려 나가는
막다른 골목길.
아침마다 나는 흥얼거리며 이 골목길을 빠져 나가
저녁이면 어머니의 자궁 속의 따스함을 느끼며
이 골목길을 들어선다.
통행금지 시간이 가까울 무렵
'파란 대문집' 남자는 술에 취한 채
이 골목길로 들어서고,
"아 세월은 잘 간다 아이 아이 아이……
나 살던 곳 그리워라."
구성진 노래와 함께
문 열라고 자기 집 대문을 발길로 차고,
이상李箱의 13인의 아해들이

일제히 뛰어들 것 같은 소동이 지나고 나면
통금 사이렌 소리와 함께
평온함 속에 나는 잠이 든다.
지금은 주차장이 되어
흔적도 찾을 수 없는 골목길
술에 억병으로 취한 '파란 대문집' 사내가 되어
"아 세월은 잘 간다 아이 아이 아이" 하고
이파리만 너울거리는 오동나무를 향해
고래고래 목청껏 울부짖고 싶어진다.

2006. 3. 27.

청계천에서

청계천 장통교를 지나면
어디선가 말발굽소리가 들린다.
가을이 일제히 돌아가는 소리인가 보다.
한여름 내내 물보라를 일으키던
청계천도 이제는 야위어지고
겨울을 준비하는 낙엽들이
한두 잎 따라 흐른다.
청계천이 눈으로 덮이면
무엇을 해야 할까.
북촌 떡, 남촌 술이라는데
삼각동 어느 막걸리 집이나 찾아가야 할까.
아니면 겨울이 오기 전에
종각 뒷골목에서
한 잔의 진한 커피를 마시고
'정조의 반차도班次圖'에 한자리 끼어
나도 말을 타고 떠날 준비를 해야겠다.
늦기 전에 제비처럼
따뜻한 남쪽을 그리워해야겠다.

2009. 10. 25.

화동 언덕엔 회화나무가
— 경기고등학교 개교 100주년에 부쳐

화동 언덕
하얀 음악당 옆에
늙은 회화나무가 있다네.
건너편 인왕산도 바라보고
경복궁도 굽어보는
나이가 몇 살인지 아무도 모르는
'경기京畿'와 함께 늙어 온
회화나무가 한 그루 있다네.

회화나무는
기미년 3월 1일 그 날
교복 입은 채 파고다 공원으로 달려가
만세 부르다 학교로 영영 돌아오지 못한
얼굴들을 알고 있다네.
박 정권 시절
3선 개헌 반대 데모 때
책상으로 교실 문을 막아 놓고
울며불며 나라 일을 걱정하던

앳된 얼굴들도 알고 있다네.

전쟁 때
부산 구덕산 밑 피난살이 천막 교실을,
환도 후
덕수국민학교 한 귀퉁이와 체신부 자리 가교사를 거쳐
5년 만에 다시 화동으로 돌아왔을 때
아무도 없는 텅 빈 운동장을 꿋꿋이 지키던
회화나무야
너를 볼 때 우리는 얼마나 반가웠던가.

세월이 흘러
강남 삼성동으로 학교가 이사 간 뒤
이제 너의 모습을 볼 수 없지만
고향의 늙은 나무처럼
우리들 가슴에 너는 영원히 살아있단다.

바람이 불 적마다
회화나무는 우리에게 속삭인다.
진리를 간직하여 '자유인'이 되라고
인간다운 삶을 누리는 '문화인'이 되라고
남을 생각하고 함께 어울리는 '평화인'이 되라고.

화동 언덕

하얀 음악당 옆

늙은 회화나무를 생각할 때마다

'내 나라 나랏집의 동량棟梁이 되세'라는

교가의 마지막 구절이 떠오르네.

2000. 8. 24.

다시 화동 언덕에 서서
― 졸업 50주년에 부쳐

졸업한 지 50년 만에
다시 화동 언덕에 섰네.
부대끼고 깨지고 피 흘리며
모진 칼바람 속을 헤매기도 하고
먼 길을 빙 돌기도 하면서
그래도 용케 죽지 않고
이렇게 화동 언덕에 다시 모였네.
체육관은 자취도 없이 사라지고
잔디밭이 깔린 채
군데군데 벤치가 자리잡은 낯선 운동장
알지 못하는 '종친부 건물'은 폐허처럼 정구장 자리에 서 있고
졸업 기념으로
영화 <우리 생애의 최고의 해>를 보던 강당은
음식 냄새로 찌들어 있네.
수영장은 온데간데없이 사라진 낯선 곳에서
우리는 처음 온 손님처럼
서투르게 흘끔흘끔 눈치를 보며
정독도서관 열람실을 고개를 빼고 훑어보네.

회화나무는 여전히 제 자리에 서서
우리를 보고 반갑다 아는 체하고
경복궁 너머 인왕산도 저녁 햇살 사이로
고개를 끄덕이네.
누가 '중등교육발상지'를
내팽개치듯 강남 구석에 처박아 두고
역사 오랜 우리 학교를 가지고 장난을 치나.
정독도서관을 차라리 강남으로 보내고
풍기는 먼지라도 향기로운
화동 언덕으로 다시 되돌아와야 하지 않겠나.
오십 년의 세월이 더 흘러
머리 허연 우리들이 모두 별이 될지라도
우리들은 여전히 화동 언덕에 서서
함성을 지르며 운동장에서 공을 찰 것이고
회화나무 그늘에서 땀을 들일 것이네.
그리고 인왕산으로 지는 저녁 햇살을
눈을 가느스름하게 뜨고
오래도록 바라볼 것이네.

2009. 4. 27.

김원호의 시세계

'과수원'의 심미의식審美意識

— 김원호金源浩의 「시간時間의 바다」에 나타난 시스터-컴플렉스에 대하여

_김윤식金允植

'이오니아'의 바다가 잔잔하고 푸른 것이냐 아니냐의 여부에 대해서 나는 잘 모르지만 그것이 먼 곳에 위치하고 있다는 것만을 나는 알고 있다. 한 때 이효석이 '갈릴리' 바다를 염두에 두고 산문으로 수없이 시詩를 썼다는 사실을 알고 있는 우리는 이제 먼 '이오니아'의 바다를 김원호에게서 보게 된다. 여기에서 '보게 된다'는 표현은 신선함 이상의 의미를 띠어야 한다. 이효석의 '갈릴리' 바다가 다분히 한갓된 관념이라면, 더구나 그것이 칙칙한 이효석 특유의 육욕적肉慾的 체취體臭 때문에 메스꺼운 것이라면 김원호의 '이오니아' 바다는 몹시 고전적古典的이다. 그것은 원색原色이든가, 지중해의 강렬한 태양 같지는 않으나 기품 있는 비너스의 조각과 같은 것이다. 이오니아식 기둥으로 장식된 석조石造의 전아典雅한 모습을 세련이라 표현해도 좋을 것이다. 1962년 동아일보 신춘문예新春文藝 시부詩部 당선작인 「과수원」에서 약간의 장식음을 제거하면 저 '이오니아'의 고요한 물결이 출렁이고 있음을

볼 수 있는 것이다.

빈센트 반 고흐의 '과수원'을 아시는지요.
도깨비도 무서워할 고목뿐인 올리브숲이었지요.
불타다 남은 자리보다 더 쓸쓸한 곳이었어요.
어쩌면 내가 이런 숲을 생각하는지
나 자신 올리브숲의 도깨비가 되고 싶은 모양입니다.

「과수원」 첫 연 속에서 우리는 이 아름다운 음률音律의 소재가
어디에서 연유하는지 짐작할 수 있다. 그것은 아마도 도깨비도
무서워할 정도의 음울한 의식구조가 벌레 먹은 인간의 영원한 질병
疾病이라는 명제命題 위에 서 있다는 미학美學 혹은 심미의식審美
意識의 파악인 것이다. 그것은 언제나 의식의 불타고 남은 자리처럼
쓸쓸한 것이 아니었을까. 감미甘美가 오른 싱싱한 과일이 인간
의식의 건강함을 뜻한다고 보는 속견俗見은 끝내 고흐의 심미의식
審美意識의 문턱에도 이를 수 없다. 이 광기狂氣에 시달렸던 사나이
의 손에 칠해진 과수원이 우리의 미의식美意識에 부딪히는 것은
심미의식審美意識 자체가 인간의 영원한 질병疾病에 근거하기 때
문인 것이다. 김원호金源浩는 이 인간의 질병疾病을 '몸에 배인
병'이라 표현하고 있었다. 이 몸에 배인 질병疾病은 '잔잔하고 푸른

먼 이오니아 바다'를 의식意識하는 것이지만 '사람이 보고 싶으실 때 언제라도 돌아가시지요'라는 표현으로 거리를 단축시키고 있다. 끝내 그는 '도깨비가 될 때까지' 이 과수원의 심미의식審美意識을 소중히 하지 못하고 말았다.

이처럼 이 시인詩人이 조용할 수 있는 것은 심미의식審美意識의 광기狂氣를 몰라서가 아니라 이오니아의 바다가 멀고 아득한 기품氣品의 기둥인 데 연유하는 것이다. 그가 섣불리 저 광기狂氣의 정복을 이기지 못할 때 「오베르뉴 고원高原의 까마귀」 같은 서투른 작품으로 전락顚落하고 마는 것이다. 이 '이오니아'의 이미지는 하나의 고정관념으로 김원호金源浩의 시작詩作의 뚜렷한 거점據點이 되어 있음에 틀림없다. 그것은 이른바 영원히 여성적인 것Das Ewig-Weibliche의 모습을 띤다. 누구나 겪어야 했던 군대생활 속에서도 그는 이 거점據點에서 구제당하고 있었다.

비 오는 명절名節을 위하여
그는 정성스레 수놓은
'프시케'의 상像을 주었다.
군번표軍番票와 함께 목에 걸고
전선戰線으로 떠났다.
밤이면 전초지前哨地에서

은회색銀灰色 얼굴로 미소짓는

맑은 '이오니아'의 물결이

잠들 듯이 나에게 덮쳐 왔다. (「불면不眠의 밤에」)

고흐의 '과수원'을 통해 '이오니아'의 바다를 발견한 이 시인詩人에게 '이오니아'가 영원한 여성적인 모습으로 변모되어 현실의 어떠한 충격도 막아낼 수 있었다면, 결국 이 '이오니아'의 정체正體는 무엇인가. 이 물음은 구체적으로 답변되어야 될 것 같다. 적어도 이 시인詩人에 있어서 그것은 술잔이나 펜촉처럼 실존實存하는 그 무엇이다. 여기에서 우리는 그것이 아마도 저 시스터 콤플렉스 Sister-Complex가 아닐까 추측해 보는 것이다. 다음과 같은 시詩를 두고 섣불리 이런 말을 붙이는 것은 결코 아니다.

꽃밭처럼 널려진 섬 사이로

흰 물살 가르는 바닷제비

바닷제비 같은 누이는

저승에서 지금 무얼 하나

조그마한 슬픔에도 울음 못 참는

정말 눈물 많던 우리 누이

꽃샘바람 부는 삼월이면
언제나 네 앳된 모습을 생각한다. (「누이에게」)

실상 이 시詩는 한갓 헛소리고 일종의 트릭일 따름이다. 이러한
센티멘탈에서 어떤 콤플렉스를 발견한다는 것은 거의 무의미한
일이다. 이러한 시詩의 발상법發想法은 저 1930년 무렵의 김영랑
金永郎, 박용철朴龍喆의 누이 콤플렉스의 차원次元보다 낮은 것이
다. 우리가 김원호金源浩의 누이 콤플렉스가 전형적典型的으로 나
타난 시詩를 찾는다면 그 중의 하나로 「로라 스케이트장場에서」를
들어야 할 것이다.

세상을 살아가는 쓰디쓴 기쁨이란
겨울 한낮
햇빛 바른 빌딩 근처
로라 스케이트 타는 아이들을
바라보는 것
구 구 구 비둘기야
내 발밑에 앉아라

탁한 석탄연기는 건강에 해로워

누이는 뜨락에 콩을 뿌리고

....

외로운 비둘기야

내 발밑에 앉아라.

　　누이를 가진 사람이나 누이를 가져 보지 못한 사람이나 이 피를
함께 나눈 이성異性의 존재에 대한 상념은 인간 본래의 사랑의
가장 순수무구純粹無垢한 상태의 대표적인 양식樣式이며, 하나의
예의禮儀라 할 수 있다. 그것은 남성男性에 있어 모든 여성女性으
로 향하는 문門이자 동시에 인간마성人間魔性의, 그 광기狂氣의
본원적인 승화의식昇華意識의 출구出口인 것이다. 그것은 우리가
조카딸에게, 혹은 공원에 뛰노는 여아女兒에게서 나아가 사소한
생활의 뉘앙스를 주름살지게 하는 순결의 대명사와 같다. 누이의
성숙을 여성의 완결을 지켜본다는 것이 한 남성의 자기발전의 거울
이며, 원래 사랑이 깊은 이해와 견인牽引의 소산의 근원임을 누이
를 통해 배우고 문득 완성하는 것이 아니라면 우리가 어떻게 한
여성을 사랑할 수 있으랴. 남성에게 누이는 언제나 '미련未練' 그것
이고, 그것이 미련未練에 그치는 한限해서 먼 '이오니아'의 푸른
바다인 것이다.

너를 아이로만 생각하던 건

바로 내 잘못

어느새 어른의 눈짓을 배워

섬세한 어깨를 슬쩍 내뵈는구나

춘정기春情期의 도드라진 가슴

젖은 눈

누가 너에게 작은 허리띠를 건넬까

머리의 장식裝飾을 좀 숫되게

미로迷路의 걸음걸이를 하지 말고

팔짱 낀 의젓한 모습에

나는 할 말이 없구나

숨 가쁘게 뛰는 심장心臟

한 마리 파닥이는 새

공중에 도는 피리소리를 좇아

너는 날아가려 하는구나

좀 이상해

옮기는 정情은

벌써 계절이 바뀌는데

혓바닥에 느끼는 산초山椒 열매처럼

언제나 너는 앳된 미련未練이구나. (「조카딸에게」 전문)

실상 이 시인은 누이를 향한 사랑, 그 순수성 때문에 한 사람의 여인도 마주 대할 수도 그럴 필요도 없는 상태에 놓여 있다. 누이를 통해서만 누이를 볼 수 있다는 것은 자기의 시점을 갖지 못했음을 뜻한다. "여자가 인형을 사랑하는 건 / 불안을 메우기 위해서라고 / ……어려서부터 그렇게 자라나는 걸 / 누이의 모습에서 문득 보았다."(「여자와 인형」) 이 시인은 누이의 의식 속에 유폐幽閉되어 그것을 자신의 순수로 착각하고 있는 것이다. 「아내학교」의 피아노나 두들기는 여학교 담 모퉁이를 지나며 생각하는 소녀의 이미지는 "천에 하나 / 만에 하나"인 「영원한 여자」에 유폐幽閉되고 있다. 그 영원한 여자의 이미지가 누이의 생활과 모습에서 연역演繹해 낸 것일 따름이다. 따라서 그 폭과 깊이가 조카딸의 성숙成熟 과정에서 보여지는 것인 작용과는 달리 답답한 성실성으로 일관되어 있다. 이것은 이 시인詩人의 조숙성早熟性의 발로發露일지도 모른다.

　　이 시인詩人의 처음 출발인 그 도깨비도 질리는 「과수원」의 심미의식審美意識의 파악은 어디로 갔는가. '이오니아'의 먼 바다는 한갓 유년시절幼年時節의 누이의 수틀에서 연역演繹해 낸 「가정적인 여자」로 변모變貌하고 말았는가. 누이의 성장은 문득 서서히 종말終末되고 만 이 마당에서도 그는 번데기에 머물고 있는 것일까. 성장한 징그러운 누이의 모습에서 끝내 생활 속의 여인의 진실을 바랄 것인가. 그렇지 않으리라. 그는 체질적으로 그럴 수 없다.

그는 가슴 속에 병病을 씻어내는 과수원을 처음부터 지니고 있었다. 조카딸도 누이도 그를 스쳐 지나가 버렸다. 그는 영원한 '이오니아'의 '프시케', 그 여성적인 곳에서 멀어져야 했다. 이 시인詩人의 「과수원」을 알고 있기 때문에, 그리고 마음의 무구성無垢性을 알고 있기 때문에 그의 누이의 콤플렉스에 의해 빚어진 시詩들을 나는 한 번도 서투른 소녀치少女稚라고 생각한 적은 없다. '이오니아'를 노래해도 안심이 되었다. 더구나 "긴 겨울을 포경선捕鯨船에서 지내고 돌아오신 아저씨"를 노래할 때, 문득 말할 수 없는 향수鄕愁를 느끼곤 했다. 그러나, 이 설된 누이의식意識은 순수성의 핑계로 이 시인詩人을 필요 이상으로 지연시킨 것 같다 먼 이국異國 취미와 유년시절幼年時節의 향수鄕愁가 누이를 통해 피어오르려면 '앙티고네'의 비극으로 승화昇華되는 세계관을 투철히 하지 않고는 얇은 푸른색 종이에 그려진 '이오니아'에서 벗어날 수 없으리라. 말하자면 성인成人의 세계로 향한 철학이 요청되었을 것이다.

이러한 딜레마를 이 시인이 최근 극복하려 노력하고 있는 것 같다. 최근 발표된 「우울증憂鬱症」, 「불의 이야기」, 「장미薔薇의 온도溫度」는 여전히 종래의 체질에서 머물고 있지만 상당한 비약을 준비한 것 같다. 그것은 시스터 콤플렉스에서 발돋움한 것인지도 모른다. 특히 ≪시인詩人≫지誌(1969.9)에 발표된 다섯 편의 시詩는 종래의 스타일과 상당히 다르다. 이 작품들에서 말할 수 없는 초조감을 역력히 읽어낼 수 있다. 그가 시스터 콤플렉스의 거점據點을 완전히 잃고 걷잡을 수 없이 초조해 하고 있는 것이다. 특히「결심決心」이란 시詩는 비로소 여태껏 누이 속에 기생寄生하여 왔던 자신의 모습을, 정면으로 바라보려는 자세라 할 수 있다.

그는 나를 볼 때마다 추워한다.

두 손에 이마를 대고

불행하게 될 거라 얘기한다.

웃는 얼굴을 지우려지우려 애쓰다가

빼앗긴 몇 마디 말을 생각해 내고,

입술을 바라보며

밤의 젖은 목소리를 듣기로 한다.

성냥을 그어

그의 눈을 들여다본다.

조금씩 아파하는 나를 찾아본다.

머리칼을 쓰다듬으며

시간이 멈추기를 바란다.

나의 욕망이 그릇되다면

한 번만 나를 용서하기로 한다.

그의 앞에서 나는 어려진다.

술을 마시고 담배를 피우고

나는 무서운 꿈을 꾸기로 한다.

　이 시詩는 모진 자기비판이 아닐 것인가. "나의 욕망이 그릇되다면 / 한 번만 나를 용서하기로 한다."는 이토록 가혹한 자기비판의 밑바닥에는 벌써 좀체로 구제하기 힘든 자의식自意識의 독한 병균이 침윤浸潤되어 있고, 자아의 분열이 혐오와 분노를 더불고 있다. 만일 이 「결심決心」 속에 분노가 바닥에 흐른다는 나의 관찰이 정당하다면, 무서운 꿈을 꾸기로 결심한 것이 사실이라면, 이 시인詩人은 무엇인가 극복할 의지가 충분히 있는 것이다. 그에게 허무의식虛無意識이 별로 없는 것은 지극히 다행한 일이고, 또한 그의 바탕이 순수함을 증거하는 것으로 보고자 한다. 물론 「시간時間을 죽이다」 속에서 엷게 허무虛無가 드리우고 있음은 경고해 마땅한 일이기는 하다.

　이 시인詩人이 이 시점視點에서 새로운 결심決心을 보인 것이 무엇을 향한 자세인지 나는 물론 알 수 없다. 실상 이 시인詩人에 대해 내가 평소에 눈여겨보게 된 것은 나로서는 그럴만한 이유가 있었다. 근래 젊은 시인 층詩人層은 두 개의 커다란 주류를 형성해 나가는 것으로 보였다. 가령 상당한 참여의식에 주력하는 것으로 뵈는 ≪신춘시新春詩≫그룹과, 이와는 다른 차원에서 '현실을 개조

하는 데 직접 참여하지 않으려는 대신 현실이 야기惹起하는 모순을 극복하려는' ≪현대시現代詩≫ 그룹 등으로 볼 수도 있다. 누구는 60년대의 시를 '애매함'과 '정직함'이라 표현하고 있는데, 과연 어느 쪽이 정직하고 애매한가는 좀더 두고 보아야 하겠지만, 나로서는 이들 60년대가 의식면에서 '애매함'과 '정직함'으로 분류되기 이전 에 양자兩者가 함께 그 의식면에서 다분히 추상적 관념에 휩싸여 있는 것으로 보인다. 고쳐 말해서 한국적 이디엄의 확보에 실패하 고 있는 듯이 보인다. 가령 '애매함'을 극복하기 위하여는 한국적 이디엄의 확보 없이는 치유治癒될 수 없을 것이며, '정직함'을 말하 기 위해서는 시詩를 보기 전에 한국 사회의 구조에 대한 질적質的 파악把握이 선행先行해야 하는 것이다. 이러한 선행先行 조건의 구명究明 없이 비판批判을 일삼는 것은 자칫하면 논리 자체가 공전 空轉할 우려가 있을 것 같은 생각이 든다. 이러한 소용돌이에서 정작 ≪신춘시新春詩≫ 동인同人의 한 사람인 김원호金源浩의 시 詩는 어느 쪽에도 물들지 않아 보였다. 그것이 옳다든가 좋다는 것과는 별도의 문제다. 이 시인詩人의 시詩가 얼른 눈에 띠는 이유 는 그 여성적 순수 서정 때문이었고, 그 자체로 볼 만한 것이었다. 발레리를 이해하려 노력하다가 쉬르리얼리즘 쪽에 빠졌다가, 다시 릴케와 R. 프로스트를 읽으려 갈팡질팡한 나로서는 한 시대를 지배 하는 스타일이 있다는 것만을 어렴풋이 배웠을 뿐이다. 아무래도 나로서는 김원호金源浩의 「과수원」을 이 시인詩人의 한 스타일로 본 것에 대해 후회하지 않는다. '반 고흐'와 도깨비와 '이오니아'의 바다가 심미의식審美意識으로 파악되는 곳에 이 시인詩人다운 스타일이 있다고 본다. 그것이 설된 시스터 콤플렉스Sister-Complex에 유폐幽閉되어 피메일 콤플렉스Female-Complex의 차원으로 승화昇華되지 못하고 말았지만, 그 조용한 속삭임은 관념觀念의 난무亂舞 속에서 퍽 신선한 것으로 보였다. 그러나 당대當代를 지배하는 스타일 속에 참가한다는 것이 아마도 시인詩人의 '결심決心'을 지켜보는 것이 "몸에 배인 병病을 씻어내는" 것이 되기를 바란다.

≪시인≫ (1969.12.)

비밀의 집에서 들려주는 불의 이야기

_이성복李晟馥

1989년 지천명知天命에 들어서는 김원호 시인은 30년에 조금 못 미치는 그의 시의 편력을 회고하는 의미 있는 시 한 편을 발표한다. 「비밀의 집」이라는 제목을 가진 이 시는 씌어진 지 근 30년이 되어가는 지금의 시점에서도 여전히 그의 시의 전 이력을 효과적으로 드러내는 것으로 보인다. 이 시는 1985년 씌어진 「집」이라는 또 다른 시와 더불어 김원호 시세계의 본질을 전미래적前未來的으로 선취하고 있는 것이다. 모두 26행으로 이루어진 시는 5개의 단락으로 나누어 읽을 수 있는데, 그것은 다음과 같이 요약될 수 있다.

1) 언제부턴가 시인은 자신의 가슴 속에 '아름다운 생각'의 '벽돌'로 쌓아 올린 '비밀의 집'을 지으려는 꿈을 가진다.

2) 오직 하나의 '방'과 '창'을 가졌으며, 아름다운 그림과 음악으로 채워진 이 집에서 시인은 '데미안'처럼 살고자 한다.

| 비밀의 집 – 김원호 시선

3) 그러나 끝내 완성하지 못한 그 집을 오랫동안 방치해온 시인은 그것을 허물고 다른 종류의 집을 짓기로 한다.

4) '어른 같은 생각', 온갖 '음흉한 생각'으로 지으려던 이 '멋있는 집'은 사람들의 '이상한 눈빛' 때문에 포기되고 만다.

5) 그 후 다시는 '벽돌' 한 장 올리지 못하고 미완성으로 남은 그 '비밀의 집'은 그의 가슴 속에 깊은 회한으로 남는다.

그렇다면 1989년의 시점에서 시인에게 단지 회한으로 남아 있는 그 '비밀의 집'은 그의 시력詩歷의 어느 지점에서 지어진, 어떤 성격의 '시의 집'을 가리키는 것일까. 위의 시에서 우리가 찾을 수 있는 몇 가지 단서는 미미하지만 무의미한 것은 아니다. 우선 그 집은 '어른 같은' '음흉한' 생각으로 지으려던 집과는 대척점에 있는, 젊고 순수한 생각으로 쌓아올린 집이다. 어쩌면 그 집은 인간의 외적 실존의 양상들을 이지적으로 살피는 '머리의 시'가 아니라, 내적 실존의 주름들을 감성적으로 감싸 안는 '가슴의 시'가 깃드는 집이라 할 수 있다. 그 점에서 1981년 씌어진 「오입誤入」에서, 젊은 날 시에 대한 사랑을 정상적인 삶으로부터의 일탈로 바라보는 시인의 뒤늦은 고백은 시사하는 바가 있다. 그의 말에 따르자면 자신의 재주 없음을 탓하며 '가슴을 쥐어짜'듯 시를 쓰던 그는 일요일이면 짝사랑하는 소녀를 찾아 교회 주위를 맴돈다. 그처럼 짝사랑하듯 시를 쓰던 그는 '마흔이 되던 날 아침' 자신이 세상 바깥에 내던져진 '자라다 만 아이'라는 사실을 깨닫는다. 어쩌면 그 아이는 1962년 시인의 등단작 「과수원」에서 그가 되려 하는 '올리브숲의 도깨비'이며, 「비밀의 집」에서 그가 닮으려 하는 영원한 청춘의 주인공 '데미안'일 것이다.

이러한 단서들을 바탕으로 우리가 유추할 수 있는 것은 시인이 지으려다 실패하고 끝내 방치해버렸다고 고백하는 '비밀의 집'이 등단작 「과수원」으로부터 시작하여 시집 『불의 이야기』에서 정점을 이루는 '사랑의 시'들을 가리키리라는 것이다. 시인은 자신이 그 집을 완성하지 못하고 끝내 포기했다고 말하지만, 어쩌면 그것은 이미 그 자체로 완성되었던 것일지도 모른다. 혹은 끝내 미완성으로 남는 것이야말로 그것의 숙명이고 존재조건일 수도 있으리라. 사실 시인이 만 30세가 되던 1970년에 발간된 『불의 이야기』는 당시 혹독한 사회상황 속에서 별다른 주목을 받지 못했고, 이후 후배시인들의 찬사나 추종을 받은 바도 없지만 지금 다시 보아도 그 내밀한 목소리와 따스한 몽상은 비할 바 없이 아름답다. 특히 이 시집의 제1부에서 「숲」, 「별」, 「물」, 「공기空氣」, 「불의 이야기」, 「장미薔薇의 온도溫度」 등 6편의 시들은 지수화풍地水火風의 사원소를 바탕으로 한 물질적 상상력의 행복한 구현으로서, 결국 이 시집의 표제작인 「불의 이야기」로 수렴된다. 이 시들 가운데 1970

년 씌어진 「숲」을 제외한 나머지 시들은 1969년에 씌어졌으며, 남성 화자인 '나'와 여성 연인으로 추정되는 '그', 그리고 그 둘을 아우르는 '우리'가 주인공이 되는 '사랑의 시'의 형태를 띤다. 이제 오직 하나의 '방'과 '창'으로 이루어진 그 '비밀의 집'으로 들어가기 위해 「숲」, 「장미薔薇의 온도溫度」, 「불의 이야기」을 차례대로 읽어 나가도록 하자. 이 과정에서 우리가 이해할 것은 달리 없으며, 오해 없이 수용하는 것만으로 충분하다는 점을 미리 밝혀 두자.

숲

그는 바람이 되어 숲을 달리고
그의 눈에 살고 있는 빛을 찾아
활을 든 채 바람 속을 뒤쫓는다.
나뭇가지 사이 흔들리는 햇빛
풀밭을 가로질러
물결치는 머리칼
욕망의 눈초리로 그를 보며
나는 잔학한 사냥꾼이 된다.
그늘 밑으로 다시 어둠 속으로
우리는 몇 번씩 숨바꼭질을 한다.

나무 밑에서 그는 숨을 몰아쉰다.

흔들리는 물결을 의식意識하며

그에게 한 발자국 다가선다.

들꽃은 발 밑에서 으깨어진다.

시선視線을 피해 그는 고개를 돌린다.

숲에서 우리는 아무 말도 하지 않는다.

가늘게 떨리는 손으로

꽃을 꺾어 그의 머리에 꽂는다.

숲에서 우리는 깊은 바다를 갖는다.

어둠 속에 그의 눈물을 간직한다.

머리칼을 쓰다듬으며

나는 속으로 용서를 빈다.

우리는 서로의 눈을 들여다보며

살아나는 불꽃을 찾아낸다.

『불의 이야기』 1부에서 '물'과 '불', '공기' 등 세 가지 원소를 제목으로 끌어낸 시들에 비해, '흙(地)'을 중심적으로 살피는 시는 찾아보기 어렵다. 그럼에도 불구하고 「숲」이라는 시가 '물' '불' '공기' 등 세 원소들이 출몰하며 상호 교류하는 '땅'의 자리에 있는 것만은 분명하다. 우선 바람의 형상을 띤 '공기'는 이 시의 벽두에 나타난다. '나'의 연인인 '그'는 바람이 되어 숲을 달리고, '나' 또한 활을 든 채 바람 속을 뒤쫓는다. 또한 '불'은 '그'의 눈 속에서 '빛'으로 나타나, 나뭇가지 사이 '햇빛'으로 흔들리다가, 두 연인의 눈 속에서 '불꽃'으로 되살아난다. 그리고 '물'은 두 연인의 눈앞에 '깊은 바다'로 펼쳐졌다가, 결국 '나'의 눈 속에서 '그의 눈물'로 간직된다. 이처럼 물질적 상상력으로 충만한 이 시는 에로스적 사랑의 발단과 종착을 비할 바 없는 역동성으로 그려낸다. 이 시의 초두에서 '나'는 욕망의 눈초리로 '그'를 뒤쫓는 '잔학한 사냥꾼'으로 나타난다. 여기서 '잔학한'이라는 형용사는 이후에 펼쳐질 에로스적 정복을 예고하며, 화자 자신의 깊은 죄의식을 반영하는 것으로 보인다. '나'는 '그'를 정복하기 위해 몇 번의 '숨바꼭질'을 하고, 그 난폭한 과정에서 연약한 '들꽃'이 으깨어진다. '그'는 '나'의 추격을 피해 달음질치다가, 결국 포기하고 가쁜 숨을 몰아쉬며 애써 '나'의 시선을 피하는데, 이는 곧 '나'의 사랑을 소극적으로 수락했음을 뜻한다. 이때 '나'가 꽃을 꺾어 '그'의 머리에 꽂는 것은 사랑의 교섭의 시작을 알리는 것이며, 두 연인이 '깊은 바다'를 갖는 것은 성적 쾌락의 충만함을 뜻하고, 어둠 속에서 보이는 '그'의 눈물은 사랑의 행위가 끝났음을 가리킨다. 이 시의 마지막에서 '나'는 '그'의 머리칼을 쓰다듬으며 자신의 행위에 대해 용서를 빌지만, 이 사랑이 단지 일방적이었던 것만은 아니다. 두 연인이 서로의 눈

속에서 '살아나는 불꽃'을 확인하는 것은 '나'의 난폭한 사랑에도
불구하고 '그'의 사랑이 식지 않았음을 뜻한다.

장미薔薇의 온도溫度

그는 바다 얘기를 하고, 나는 부담감 없이 나비가 날고 있는 해안선
海岸線을 그려본다. 그의 얼굴을 바라보며, 물결치는 바다와 잔잔
한 바다와 그 빛깔이 어떻게 다를까 생각한다. 미지未知의 바다는
내 주위를 출렁이고, 나는 바람이 되어 그의 바다를 흔든다.

무엇이 그에게 바다 얘기를 하게 했는가. 바다는 나에게 어떤 의미
意味가 있는가, 헤아린다. 별의 얘기든 새의 얘기든 나에게는 같은
가치價値라는 걸 알고 있다. 나는 그의 얘기를 들어야 하고, 그는
나를 위해 얘기를 하여야 하고 …… 언젠가는 만날 주어진 명제命題
를 위해, 우리의 얘기는 참을성 있게 이어간다. 그렇게 차츰 사이를
좁힌다.

그는 얘기를 멈추고 나를 바라본다. 형식形式에 지쳐 형식形式을
버린 것인가. 완전한 정적靜寂 속에 우리의 공간空間은 사라진다.
우리는 눈을 마주보며 서로의 존재를 확인한다. 나는 그의 입술에
서 장미薔薇의 온도溫度를 느낀다.

시각과 촉각을 동시에 일깨우는 '장미의 온도'라는 다소 생소한 제목을 가진 이 시는 다음의 「불의 이야기」과 짝을 이루는 '물의 이야기'라 할 수 있다. 이 시에서 화자 '나'는 연인 '그'의 바다 이야기를 들으며 '부담감 없는' 공상에 사로잡힌다. '나'는 '그'의 얼굴을 바라보며 잔잔하거나 물결치는 바다의 모습들을 상상해보는데, 돌연히 '미지의 바다'가 현실로 나타나 주위에서 출렁이고, '나'는 바람이 되어 그 바다를 흔든다. 하지만 여기서 중요한 것은 바다 그 자체가 아니다. '그'가 굳이 바다 이야기를 하지 않고 '별'이나 '새'의 이야기를 하더라도 '나'에게는 상관이 없다. 문제는 '그'가 '나'를 위해 어떤 이야기를 해야 하고, '나'는 '그'의 이야기를 귀담아 들어야 한다는 것이다. 즉 그들이 하는 이야기의 내용이 아니라, 이야기하는 행위 혹은 이야기라는 형식이 중요한 것이다. 그들의 이야기는 단지 그것을 통해 언젠가 그들에게 주어질 '명제'를 획득하기 위한 과정에 불과하며, 그 과정 속에서 그들 사이의 거리는 차츰 좁혀진다. 그렇다면 그 지난한 명제는 무엇을 가리키는 것일까. 이 시에서 '명제'라는 말은 '형식'이라는 말과 마찬가지로 다소 뜬금없이 들리지만 그 함의는 어렵지 않게 짐작된다. 세 부분으로 이루어진 이 시의 마지막 단락에서 '그'는 이윽고 바다 이야기를 멈춘다. 화자의 다소 고답적高踏的인 표현을 빌자면 그것은 이야기라는 "형식에 지쳐 형식을 버린" 것이다. 이는 곧 그들 사이에서 이야기 행위가 그 소임을 다했음을 뜻한다. 그리하여 '완전한 정적' 속에서 시간과 공간은 사라지고, 그들은 서로의 눈 속에서 서로의 존재를 확인한다. "나는 그의 입술에서 장미의 온도를 느낀다"는 마지막 구절은 붉고 뜨거운 '그'의 입술이 '나'의 입술에 포개어졌음을 뜻한다. 요컨대 바다 이야기를 통해 두 연인에게 주어지는 마지막 '명제'는 그들이 열망하던 '사랑의 합일'인 것이다.

불의 이야기

불의 이야기를 위하여 우리는 난롯가에 앉는다.

석탄을 넣으며 그것이 어떻게 빛을 내고 열熱을 내는지를 말한다.

흐르는 시간의 한 부분을 위하여 얼마나 많은 불의 입자粒子들이 우리 주위를 도는가 생각한다.

별들의 운행運行하는 소리처럼 나는 불의 소리를 듣지 못한다.

불 속에 파묻혀 불을 못 보므로 불의 공간 속에서 차츰 연소燃燒하고 있음을 우리는 느끼지 못한다.

나는 그의 눈을 통하여 그의 속에 타고 있는 불꽃을 확인한다.

그의 불은 가끔 활화산活火山으로 터져 나를 열熱띠고 아프게 한다.

그는 내 눈을 보며 나의 불꽃을 안부安否한다.

우리의 불꽃은 서로 다른 빛을 지니고 타오른다.

나는 그의 얼굴에서 더러 생소生疎함과 더러 친근親近함을 느낀다.

갑자기 나는 불안해진다.

자유로웠던 나는 그의 불을 보므로 구속拘束을 느낀다.

나는 그의 불을 위해 즐거이 나뭇등걸이 되고 바람이 된다.

그는 나의 가슴에 닻을 내리고 머문다.

무엇이 불을 생성生成하고 무엇이 불꽃을 서로 이끄는지 알지 못한다.

우리 둘의 불이 함께 타오르려면 얼마나 뜨거운 열을 낼지 헤아려본다.

찬란한 불꽃으로 타오르기 위해 우리 사이의 공간空間과 시간時間을 모두 없앤다.

우리는 아픈 눈으로 서로의 불꽃을 들여다본다.

우리의 불은 동시적同時的이고 언제나 함께 존재存在한다.

이 시가 만 서른이 되기 전에 개화한 김원호 시의 한 정점이라면, '불'은 그의 시세계의 중심에서 다른 여러 이미지들을 수렴하는 핵-이미지라 할 수 있다. 내용적으로 이 시는 '불'이라는 상징의 일반적 의미를 추궁하는 첫 번째 단락(1행~5행), 치열한 내면의 '불'로 인한 두 연인 사이의 심리적 갈등을 표출하는 두 번째 단락(6

행~14행), 그들을 '사랑의 합일'로 인도하는 공동의 '불'에 대한 모색으로 정리되는 세 번째 단락(15행~19행)으로 이루어져 있다. 우선 첫 번째 단락에서 '이야기'라는 단어는 주의를 요한다. 앞서 「장미의 온도」에서 '바다'와 마찬가지로 '불'은 이야기로서 자신을 드러내고, 그 이야기를 통해 두 연인은 서로를 확인한다. 이제 불을 이야기하기 위해 난롯가에 앉은 그들은 불의 속성과 의미들을 살핀다. 불은 '빛'과 '열'로 이루어져 있으며, 무수한 '입자들'의 모습으로 그들 주위를 돈다. 불의 우주 속에 파묻혀 있는 그들은 불이 내는 소리를 듣지 못할뿐더러, 매순간 그들이 불 속에서 연소되고 있다는 사실을 지각하지 못한다. 즉 그들은 불의 능동적 주체가 아니라 피동적 객체일 따름이다. 이제 두 번째 단락에서 두 연인은 서로의 존재 속에 타오르는 불을 확인한다. 그러나 앞서 두 편의 시에서와는 달리, 여기서 '불'은 단지 기쁨과 행복만을 가져다주지 않는다. 불은 '활화산'처럼 터져 나와 '나'를 열熱띠고 아프게 하며, 친근하던 '그'의 얼굴을 '생소함'으로 물들인다. 그리하여 지금까지 자유로웠던 '나'는 구속감을 느끼고 불안감에 떤다. 하지만 이와 같은 '불'의 부정적인 성격은 그것의 긍정적 작용의 불가피한 산물이다. 화자 '나'는 사랑의 불을 지키기 위해 기꺼이 '바람'과 '나무덩굴'이 되려 하며, 이에 '그'는 '나'의 가슴에 닻을 내리고 영구히 머물 결심을 하게 된다. 이 시의 세 번째 단락은 사랑이라는 위태로운 불을 유지시키려는 공동의 성찰과 노력으로 마감된다. 두 연인은 그들의 사랑을 태어나게 하고 유지시키는 요인들을 살피고, 그 사랑이 '찬란한 불꽃'으로 타오를 때까지 감당해야 할 의무들을 되새기며, 완전한 합일을 위해 모든 시공간적 거리를 제거하려 한다. 그러기 위해 그들은 매순간 '아픈 눈'으로 서로의 불꽃을 들여다보며 그 '안부'를 확인한다. 그것은 무엇보다도 사랑의 불이 동시적이고, 상호적으로 존재하기 때문이다.

여기서 우리는 시집 『불의 이야기』의 서두에 '영주泳珠에게'라는 헌사가 붙어 있다는 점을 기억하게 된다. 시인은 이 시집의 후기에서 "제1부에 실린 작품들은 한 사람에 대한 나의 관심과 그의 영향으로 인해 이루어진 것이다. 이번 시집詩集을 그에게 주는 이유도 거기에 있다."라고 밝히고 있다. 만 서른이 되던 해 한 젊은 시인이 사랑하는 여인에게 바쳤던 이 시들은 지금 다시 보아도 아름답기 그지없고, 오랜 세월이 흐른 뒤 미래의 독자들 눈에도 그 아름다움은 변함없을 것이다. 김원호 시인의 시세계의 한 외곽을 답사하는 여정을 마감하는 이쯤에서 우리는 조심스러운 가설 하나를 내어보고자 한다. 즉 모든 시의 본질은 '젊음'과 '사랑'에 있다는 것. 사랑의 시는 결코 유치하거나 미성숙한 시가 아니라, 시대와 공간을 넘어 모든 시의 본질이 될 수 있다는 것. 한 시인의 초기시가 그의 대표작이 된다는 것은 결코 폄하의 말이 아니라,

시라는 장르의 영구적 속성이라는 것. 그런데 '젊음'과 '사랑'은 본디 잠시 왔다가 다시는 돌아오지 않는다는 것. 어쩌면 아직 오지도 않았거나 이미 왔다 가버렸는지도 모른다는 것. 진정한 천국은 잃어버린 천국이듯이, 진정한 '비밀의 집'은 이미 잃어버린 '집'이며, 진정한 '사랑의 시'는 잃어버린 시라는 슬픈 예감으로 이 글을 마무리하도록 하자.

작은 것들의 아름다움
— 김원호 시인의 시선집 출간에 부쳐

_최민崔旻

프랑스 시인 보들레르는 시를 묶어 시집을 출판할 때, 수록하는 시들의 선정이나 순서와 배열을 매우 중요하게 생각하고 정성을 들였다고 한다. 한 권의 시집을 통해서 자신의 시 세계를 보여 주겠다는 작업 속에는 그 한 권의 시집이 갖는 고유의 세계나 틀이 있다는 것을 전제하고 있음을 의미하는 것으로 이해할 수 있다.

김원호 시인이 그 동안 발간한 시집을 훑어보니, 평생에 걸쳐 시를 써 왔던 시인이 70대 중반이 되어 자신의 시 세계를 정리하는 자세로 그 간 출간한 4권의 시집 중에서 심사숙고 끝에 선택한 시들을 우리들에게 소개하고 있다. 이렇게 선정된 시들을 읽으면서 그가 자신의 시들을 어떻게 보고 있는지, 그가 시들을 정처定處 시킴으로서 드러내고자 하는 시 세계가 어떤 것인지 엿볼 수 있었다. 이 모든 것은 결국에는 독자인 우리가 읽으면서 스스로 깨달아 알아야 하는 것이기도 하다.

이번에 이 시들을 시선집詩選集이란 형식으로 출판하게 된 것은 제자들이 나서서 추진한 일인 것 같다. 그는 요즘에는 보기 힘든 좋은 사람이라 생각해 왔는데, 실제로 그는 좋은 선생님이었던 것으로 여겨진다. 고등학교의 국어 선생님이면서 문예반 담당 선생님이었던 그는 학생들에게 시라는 문학 형식에 대해 애정을 갖고 진지하게 가르쳤을 것이다. 그의 시에서도 시에 대한 정성스런 마음가짐을 느낄 수 있다.

시나 문집의 '발문跋文'이라는 것은 작가 자신이 쓰는 경우도 있지만, 우리 동양에서는 그 작가를 잘 이해하는 사람이나 친구가 쓰는 것이 보통이다. 김원호 시인의 제자들이 시인과 나 사이에 일종의 문학적인 우정과 같은 교감交感이 있다고 여겼기 때문에 내게 발문跋文을 의뢰한 것일 테다. 김원호 시인에 대해 사람도 알고 그의 시집이 나올 때마다 읽어왔지만, 평생 시를 쓰는 작업을 중요하고 가치 있는 일이라고 생각하여 마음과 정성을 바쳐 시를 써 온 시인을 위해 막상 발문跋文을 쓰려 하니 가벼운 마음으로는 쓸 수 없는 기분이 들었다. 또한 그 사람의 서를 추적해 가면서 읽어 온 것도 아니면서, 50여 년이라는 긴 시간에 걸친 시 작업에 대해 한번에 전체적으로 평評을 한다는 것 역시 격에 맞지 않고 불가능한 일이라는 생각이 들었다. 이처럼 발문跋文을 쓰는 마음이 가볍지만은 않지만, 시를 읽으면서 감상感想이라는 것이 없을 수가 없기에 주관적인 느낌을 간략하게 쓰려고 한다.

시도 좀 써 보고 시집을 두어 권 출간한 적이 있음에도 불구하고, 시의 미학美學이라든가 시라는 문학 형식이나 위상位相에 대해 평소 질문해 볼 기회가 많지 않았던 나는 이번 시집들을 읽으면서 서정시가 문학의 보편성을 함축적으로 지니고 있는 건 아닌지 고려해 보게 되었다. 글을 시작하면서 언급했던 시인 보들레르는 자신의 생전에 쓴 시들을 묶어 출간할 때, 직접 선별한 시들을 주제별로 다시 분류하여 수록하면서 그 시집에 실린 시들은 시인의 의도에 따라 연결 지어 전체로 읽을 수도 있지만, 각 개별 시들을 독자들이 자유롭게 임의로 결합시켜 읽어도 무방하다고 이야기했다. 서정 시집이라는 것은 하나의 전체일 수도 있고, 독립적인 개별적 작품들을 모아 놓은 것으로 읽을 수 있다는 말로 이해할 수 있는데, 서정 시집 속의 개별 시들 한편 한편이 지니고 있는 특수한 개성과 매력을 강조함과 동시에, 그 개별 시들이 모인 시집 전체가 하나의 아우라(분위기나 정신)를 형성하고 있음을 의미있게 지적한 것으로 기억된다. 이것은 보들레르가 지향하던 서정시가 지닌 중요한 특성을 잘 드러내는 말로, 서정시의 본질에 대해서 생각하게 해 주는데, 김원호 시인의 자선自選의 경우에도 해당되는 말일 것이다.

시, 특별히 서정시라고 하는 것은 개인의 감정의 세계를 강조하는 것으로, 한 시인이 어떤 사물을 보고 느끼는 생각이나 주관적인 정서를 짧은 형식으로 표현하는 것이라 할 수 있다. 이러한 서정시에서는 시를 쓰는 사람과 그 독자와의 공감이 중요하게 작용한다. 즉 공감, 정서의 공유에 대해 이야기하고 싶은데, 오늘날 인터페이스라는 미명하美名下에 온갖 정보가 공유되는 이 시대에 '공유共有'라는 단어가 가진 원래의 의미는 날아가 버린 것만 같이 느껴지지만, 인터넷과 하이퍼텍스트 시대에 김원호 시인은 이러한 서정시라는 형식에 빠져든 사람으로 '정서의 공유'의 세계를 다시 불러온다. 그러한 공감과 공유에 대한 갈망이 사람들에게 있기에, 서정시라는 것이 여전히 사람들이 선호하고 여전히 명맥을 유지하는 장르로 남아있게 된다는 평범하면서도 당연한 이야기를 김원호 시인의 시 속에서 다시금 깨달을 수 있었다. 서정시를 과거에 대한 향수에 빠진 정서를 가진 사람이나 좋아할 만한 낡은 형식이라고 무지스럽게 무시해 버리는 것은 이 시대의 새로운 문학적 몽매주의夢寐主義일 뿐이다.

시인으로 느낀다는 것은 어떤 것일까? 시인의 눈으로 사물을 보고, 세상을 살아가고, 사건을 경험한다는 것은 무엇일까? 시 정신이나 시 세계라는 것이 추상적인 개념을 넘어서 구체적으로 존재하는 것일까? 평소 시 세계라는 것이 따로 있다고 믿지도 않는 그런 냉정한 시각을 가지고 있었지만, 시인으로 산다는 것, 시적으로 사물을 보고, 시적으로 관찰한다는 것에 대해 다시 생각해 보게 된다. 주변의 비근하고 소소한 것들, 겉으로 봐선 사소해 보인 것들에 대해 공감이나 막연한 애정을 갖고 바라보는 것을 "시인으로서 세상을 보는 것"이라고 할 수 있을 것 같다. 김원호 시인의 시를 보면, 삶의 혐오스러운 면을 들추면서 비통해하는 대신, 자기가 좋아하는 것들과 애정이 가는 것들을 소재로 삼고, 작은 감정이라든가 소소하면서도 섬세한 심정을 표현하고 있다. 아끼고 싶은 것들, 사랑스럽다고 느끼는 사물들과 사람들, 개인적인 일들이나 과거의 기억들을 편견 없이 공정하게 관찰하고 사유思 惟하려 하면서도, 기본적인 애정이라 부를 수 있는 것이 담긴 시선으로 그것들을 바라보는 시인의 착한 감수성이 드러난다. 시의 정신적인 차원이라고 추상적으로 표현되는 편벽된 시인의 기호嗜 好 같은 것에 치우치지 않으면서도, 시라는 문학 장르가 지닌 순수한 경지를 지향하기 위해 시어를 선택하고 시구절을 조합하려 노력하는 잡것이 섞이지 않은 순정한 마음을 그의 시 속에서 읽을 수 있다는 것이다.

'작은 것이 아름답다'라는 문장이 지닌 상투성과 평범함을 넘어서는 시인의 세상의 소소한 것들에 대한 진심 어린 심정이 시로 구현되었을 때, 여러 가지로 해석할 수 있는 추상적이고 폭발적인 감성을 기대치 않게 불러일으키면서 시인의 시를 쓰는 마음 혹은 태도를 엿보게 해 준다. 평소에 쓴 시를 통해서 그 사람에 대해

알게 되었다고 말하는 것이 가능한 일인지 모르겠지만, 김원호 시인에게는 시적으로 사물을 파악하고 느끼고 세상을 생각하는 자세가 자신의 인생을 표현하는 한 방법이 된다. 가치 있는 장르로 존재해 온 시 세계를 그가 굉장히 성실하게 추구해 왔던 결과이리라. 그를 좋게 봐서인지는 모르겠지만, 다른 사람들보다도 더 시인으로서 세상과 접목接木하는 것 같다.

한국에서의 시단詩壇이나 출판계의 상황에 대해 잘 알지 못하는 나로서는, 시라는 것은 소설이나 수필이나 역사서 같은 산문류보다 대중적인 관심에서도 훨씬 멀리 떨어져 있고, 찾는 사람들만 시집을 구해서 보는 소수자들의 특수한 영역이라는 일반적인 관념에서 벗어나는 생각을 하지 않는다. 그럼에도 불구하고 시집 중에서도 베스트셀러가 나왔다거나 유명 출판사에서 연작 시리즈 시집을 출간한다는 재미난 현상을 접하면서, 문학의 세계에서도 시집의 출판이라는 것이 일종의 비즈니스에 속하는 것이기 때문에 시 문단의 세계에서도 시류와 유행이 있을 것이라고도 생각한다. 이러한 배경 속에서, 시인이라는 것을 어떻게 봐야 할까? 시인이라는 것을 직업으로 분류하기에도 애매하다. 문단을 통해 명성을 갖게 되기도 하고, 잊혀진 시인이 될 수도 있고, 사후에 천재적인 시인이었다라고 평가를 받는 경우도 있지만, 그런 것들을 다 배제排除하고 시인으로서 삶을 산다는 것은 어떤 것인가? 시를 쓴다는 것이

당장 물질적인 보상을 해 주는 작업은 아니다. 문학지에 발표하거나 출판할 수도 있지만, 이러한 일은 거의 대가를 바라지 않고 하게 되는 행위에 가깝다.

김원호 시인은 사범대에 들어가면서 교사가 되기로 작정한 사람이며, 교사로 생업을 한다는 것을 목표로 삼아왔던 사람이다. 젊은 사람들에게 우리말과 문학을 가르치고 시를 가르치면서, 동시에 시인이라는 직분을 천직으로 받아들여 시를 학구적으로 연구하는 태도로 자기만의 시 세계를 추구해 온 소수파의 시인이었던 것 같다. 시대의 문화적인 흐름이나 문학적인 트렌드를 의식하든 하지 않든 영향을 받을 수밖에 없는데도 문단 대세의 흐름에 초연하고 자기 나름의 세계를 지향하며 시를 써 온 은둔적인 시인이기보다는 시인이 이를 수 있는 이상적 경지를 추구해 왔던 시인이 아닌가 하는 생각을 해 본다. 김원호 시인은 시 속에서 시작詩作의 어려움에 대해 항상 호소하고 있다. "성실하게 써야지.", "더욱 노력해야지." 항상 문학을 처음 시도하는 사람처럼 마음을 가다듬고 정성을 다하기 위해 노력하는 가운데 생겨나는 외로움이 그의 시집 전체에서 느껴진다. 시작이 가치 있는 일이라고 끊임없이 펼치는 그의 시에 대한 마음가짐은 시가 참 좋은 것이고, 시를 쓰는 일이 값진 작업이라는 생각을 우리에게 심어 준다.

김원호 시인이 나에게 있어 4년이나 선배인 데다 깊은 이야기를 나누는 사이는 아니어서 김원호 시인을 잘 안다고 말할 수 없지만, 그는 좋은 선배였다. 내 시에 관심을 갖고 읽어 주었던 그가 내게 계속해서 시를 쓰라고 권유했던 좋은 기억도 있다. 우정이랄까? 문학적인 우정이라는 것이 있는지 모르겠지만, 그와 나의 관계에서는 그런 것이 존재했던 것이다. 그리고 시인에게 특별히 고마운 것은 시집을 새로 출간할 때면 주소를 찾아서 내게 꼭 보내 주었던 것이다. 선배가 시집을 보내 준 우정에 기뻐하고 감사하게 느껴왔음에도 나는 전화 한 통, 엽서 한 통을 보내지 못했었다.

그렇게 나를 챙겨 주었던 선배에게 한 번이라도 고맙다는 인사를 했어야 했는데, 이사 간 주소를 찾아가면서 시집을 보내 주었음에도 제대로 인사도 못해 한 구석에 미안한 마음을 갖고 있었는데, 그렇게 나를 기억해 주었던 것에 대한 감사함과 미안한 마음을 담아 이번에 이렇게 발문跋文을 쓰게 된 것이다.

2017년 10월 30일
시인의 후배 최민崔旻 씀

이 발문을 써주신 최민崔旻 시인은 시선집의 발간을 앞두고 편집 작업이 한창이던 2018년 5월 26일 별세하셨다. 이 글이 세상에 남긴 최 시인의 마지막 글이 되고 말았다. 고인의 명복을 빈다. 〈기획자와 편집자 일동〉

나의 문단 등단기

_김원호

내가 '동아일보' 신춘문예 시 부문에 「과수원」으로 당선된 것이 1962년이니까 어느새 50여 년이란 세월이 흘렀다. 당시 23세의 나이로 정말 꽃다운 시절이었다. 지금도 마찬가지지만 문학을 하는 젊은이들은 누구나 신춘문예에 열병이 걸려 있었다. 작품을 창작하는 것이 좋은 작품을 쓰겠다는 데에 목적이 있는 것이 아니라, 어떻게 하면 신춘문예에 당선될 수 있을까 하고 마치 입시공부 하듯이 신춘문예 응모용 작품을 창작했던 것이다.

대학교 1학년 때부터 신춘문예에 투고를 시작했으나 2년 동안 예심에도 들지 못했기에 어떻게 해서든지 이번에는 꼭 당선되어야 할 일이었다. 그 이유는 곧 4학년이 되고 '교생실습'에 나가는 등 대학 졸업을 앞두고 준비할 일이 많았기 때문이다. 사실 대학에 들어와 학점 따는 데 신경을 쓴 것이 아니라, 신춘문예에 투고하기 위해 작품을 창작하는 데 모든 열성을 기울였다고 생각된다. 10월에 각 신문마다 신춘문예 응모 공고가 나오기 시작하면서 초조감과 기대감이 부풀기 시작하는 것은 어쩔 수 없는 일이었다.

낚시를 할 때에도 낚싯대 하나만 가지고 고기를 낚느냐, 여러 개의 낚싯대를 사용하느냐의 판단이 필요하듯이 시를 투고할 때도 한 신문사만 선택하느냐, 여러 신문사에 작품을 투고하느냐의 고민이 있었다. 작품을 많이 준비한 것도 아니고, 요즘처럼 5편 이상 투고해야 한다는 규정이 있는 것도 아니었기 때문에 서울에서 발간하는 일간지 중에서 둘만을 선택하기로 했다. 그 당시에도 다른 일간지에 같은 작품을 응모하면 당선이 무효라는 규정은 있었다.

신춘문예 응모 작품 마감이 12월 중순이기 때문에 12월 초순쯤 두 신문사에 일치감치 투고했다. 새로운 실험적인 경향의 작품과 전통적인 호흡이 있는 두 개 부류로 작품 성격을 나누어 투고한 것이다. 사실 신춘문예에 당선된다는 것은 수천 명 가운데 딱 한 사람을 뽑는다는 면에서 실력과 별로 관계없이 거의 하나님의 선택과 다름없는 운에 해당하는 것이었다. 작품은 투고했지만 시간이 흐를수록 초조하기 이를 데 없었다. 이것은 입학시험을 치르고 합격자 발표를 기다리는 것과는 또 다른 성격의 초조감이었다.

그러던 중 1961년 12월 20일쯤 광화문에 있는 다방에서 친구들과 노닥거리다가 버스를 타고 집에 오니 아버님이 먼저 축하한다고 말씀하셨다. 나는 급하게 "어느 신문사에서 연락이 왔느냐?"고 여쭈었다. 속달로 배달된 편지 겉봉에는 '동아일보사'라고 적혀 있었다. 봉투 안에는 당선을 축하한다는 말과 함께 '당선 소감'

써 가지고 신문사로 들러 달라는 내용이 적혀 있었다. 나는 신문사에서 온 편지를 몇 번이고 읽고 또 읽었다. 그날 밤에 벅찬 감격으로 정말 밤을 꼬박 새웠다. 당선되었다는 감격도 있었지만 앞으로 어떤 시를 어떻게 써야 하나 하는 걱정이 앞섰기 때문이다.

당선 소감을 써 가지고 동아일보사 문화부에 찾아가니 서울대 학생이 당선되었다고 하면서 신문에 나올 사진을 찍었다.

좀 길지만 당선 작품 「과수원」은 생략하고 선자였던 조지훈 선생님의 심사평과 내 당선 소감을 소개하겠다.

〈심사평〉 청순淸純 — 산뜻한 맛

_조지훈

금년今年의 응모應募 작품作品은 대체로 저조低調다. 유행하는 어휘語彙 주워 모으기와 눈치로 넘어가는 주제主題들이 서로들 너무 닮아 시詩를 뽑는다는 것이 즐거움은커녕 권태倦怠의 극極이 되었다. 감흥感興도 없는 서정抒情, 사관史觀도 없는 사회社會 참여參與, 목표目標도 없는 저항抵抗 — 맥락脈絡이 안 통하는 그 문장文章들을 읽는다는 것이 고역苦役이다.

수년래數年來 타성惰性으로 답보踏步만 하는 우리 시詩도 이젠 좀

길을 바꾸어 봐야겠다. 시詩를 공부하는 사람들도 너무 그 투고投稿하는 신문新聞 잡지雜誌의 당선작當選作의 경향傾向과 그 선자選者들에 영합迎合하려고만 들지 말고 자신 있게 자기가 믿는 바 방향方向의 작품作品을 보내야겠다. 해마다 비슷한 방향方向의 작품作品만 보내니 그 중 낫다고 뽑힌 작품은 늘 그런 방향方向의 것이 아니겠는가. 사냥질을 하는 데도 목을 지켜야 달려오는 놈을 잡을 수 있다. 시詩 공부도 남을 따라갈 생각만 말고 시詩가 가는 방향方向을 미리 앞질러 가서 지키고 기다려야 한다. 이런 의미에서 본지本紙 신춘시新春詩는 연래年來의 경향傾向에 비比해 색色다른 두 편을 골라 당선當選과 가작佳作으로 했다.

김원호金源浩 군君의 「과수원」을 당선작當選作으로 한 것은 하도 구질하고 사설 많고 어설프고 무의미無意味한 시詩만 보다가 지친 끝에 그 청순淸純하고 안온安穩한 관조觀照와 서정抒情이 산뜻해서 택擇했다. 그러나 도깨비가 되기까지의 도깨비라는 말은 아무래도 눈에 걸린다.

원민수元敏秀 군君의 「양지」도 산뜻한 맛을 취取했다. 두드러진 흠欠이 없는 짜임새는 좋았으나 결국結局 너무 소품小品이었다. 이 두 사람은 무슨 새로운 발견發見을 한 것은 아니지만 이런 시詩도 신춘문예新春文藝에 뽑힐 수 있다는 본보기로는 족足하다. 시詩의 정도正道에 다시 관심關心을 돌리기 위해서 ─ .

끝까지 남았던 작품作品 이름을 열거列擧하면 다음과 같다. 〈계절
季節의 역설逆說〉(노盧), 〈밤과 나목裸木〉(정鄭), 〈학鶴〉(오吳),
〈꽃〉(하河), 〈달〉(민閔)의 5편篇이 그것이다.

〈당선當選 소감所感〉황무지荒蕪地를 메우고

_김원호

감사합니다.

항상 미숙未熟하고 자신自信이 없던 제 작품作品이 당선當選되었
다니 그저 감사하다고 말씀 드릴밖에 다른 도리가 없습니다.

텅 빈 지역地域을 하나하나 채워야 했을 때, 그리고 믿고 희구希求
하고 도달하려고 했을 때, 저의 공허空虛한 황무지를 메우기 위하
여 작품作品을 쓰게 되었습니다. 그저 쓰지 않고는 참을 수 없어
한 편 한 편 써 왔을 뿐입니다.

거울을 들여다보고 얼빠진 얼굴을 발견했을 때 저는 안타깝도록
모자란 저의 작품作品을 생각하곤 했습니다. 모자라는 지성知性과
모자라는 서정抒情, 그리고 모자라는 의미意味의 융합.

아직 인생에 대한 경험도 부족하고 어떤 방향으로 작품作品을 써
나가야 할지 모르겠습니다. 그러나 좀 더 생생한 이미지와 창조적

인 신화神話로써 제 힘껏 알뜰한 작품을 써 보겠습니다.

저에게 주어진 무거운 짐을 지고 텅 빈 지역地域을 메우고 도달하기 위하여 꾸준히 읽고 쓰고 열심히 노력하겠습니다.

끝으로 심사해 주신 선생님께 감사 드리며, 〈알파 동우회同友會〉 여러분, 그리고 같은 과科 여러 벗들에게 인사 드립니다.

이상은 신문에 실린 그대로 적은 것이다. 지금 보면 유치하고 부끄러운 것도 있지만 한자漢字도 신문에 실린 순서 그대로 옮겨 적는다.

당선작은 1962년 1월 4일자 신문에 발표되었는데, 신문을 사려고 동대문까지 가 한꺼번에 20여 부를 사니까 신문 파는 아이가 놀라던 모습이 아직도 떠오른다. 그 뒤에 축하 편지가 같은 과 친구는 물론이고, 알지도 못하는 미지未知의 독자로부터 전국 곳곳에서 수십 통 왔다. 어떤 독자는 대구에서 과수원을 하는데 신문에 실린 내 시를 칠십 몇 번 읽었다는 내용까지 적혀 있었다. 그때 받은 편지들을 아직까지 전부 보관하지 못하고 있는 것은 유감이다. 같은 해(1962년)에 신춘문에 시부詩部에 함께 당선된 시인으로는 '조선일보'에 시「강과 바람과 해바라기와 나」로 당선된 신세훈申世薰 시인과 '한국일보'에 시「황제皇帝와 나」로 당선된 박이도朴利道 시인이 있다.

문단에만 등단하면 작품 청탁이 쏟아질 줄 알았는데, 1962년이 저물어 가도록 이렇다 할 작품 청탁 한 편 없었다. 김남조 선생님께 부탁하여 ≪자유문학自由文學≫ 12월호에 발표한 시 「전쟁과 비둘기」가 당선 이후 발표한 첫 번째 작품이 되었다. 이와 같은 현상은 나만이 아니었다. 그래서 1963년 1월에 신춘문예 당선자 발표가 나오자 서울에서 발간되는 일간신문 신춘문예 출신자들 모임으로 '신춘시동인회'를 결성하고 동인지로 ≪신춘시新春詩≫를 발간하기로 했다. 여기서 문제가 생겼는데 그것은 당선자만 동인의 자격을 주느냐, 가작으로 등단한 사람은 동인이 될 수 없느냐 하는 문제였다. 여러 난관과 의견 대립 끝에 당선자만 동인 자격을 주기로 하고, 1963년 3월에 ≪신춘시新春詩≫ 제1집을 발간하였다. 제1집에 참여했던 동인들은 강인섭姜仁燮, 권일송權逸松, 김원호金源浩, 박봉우朴鳳宇, 박열아朴烈我, 박응석朴應奭, 박이도朴利道, 신명석申明釋, 신세훈申世薰, 윤삼하尹三夏, 이수익李秀翼, 홍윤기洪潤基 등이었다. 이들 중 이수익은 나중에 ≪현대시現代詩≫ 동인으로 옮겼고, 후에 강인한姜寅翰, 강희근姜熙根, 권오운權五云, 김종철金鍾鐵, 노익성盧益星, 박의상朴義祥, 박정만朴正萬, 윤주형尹注衡, 이가림李嘉林, 이근배李根培, 이탄李炭, 장윤우張潤宇, 조태일趙泰一, 채규판蔡奎判, 황명黃命 등이 동인으로 가입하여 활동했다. 이와 같은 동인지 ≪신춘시新春詩≫는 당시에 나온 동인지

≪현대시現代詩≫, ≪육십년대사화집六十年代詞華集≫과 함께 60
년대 한국시韓國詩를 이끌어 가는 중심 기둥이 되었다. 동인지
≪신춘시新春詩≫는 1969년 12월에 제19집을 마지막으로, 그리
고 제20집은 사정에 의해 발간되지 못하고 말았다. 이후 ≪돌과
사랑≫, ≪신년대新年代≫, ≪여류시女流詩≫, ≪사계四季≫, ≪시
학詩學≫, ≪영도零度≫, ≪시詩와 시론詩論≫ 등 여러 동인시지同
人詩紙 등이 출간되어 한국시를 찬란하게 꽃피우게 하였다.

『비밀의 집 – 김원호 시선』을 맺으며

1962년 동아일보 신춘문예에 당선되어 문단에 얼굴을 내민 지 50여 년의 세월이 흘렀다. 내가 시인이 되겠다고 특별히 결심한 바도 없고, 지금까지 좋은 시를 써 왔다고 자부한 바도 없지만 지금까지 보이지 않는 손에 이끌려 이 자리에까지 왔다. 이것을 운명의 힘이라고 말하기보다는 나를 창조하고 내가 믿고 있는 하나님의 뜻이라고 확신한다.

문단에 처음 나왔을 때 나는 5권의 시집을 출간하리라 마음먹었다.

이번 시선집도 희수喜壽를 맞아 제자들이 힘을 모아 출간하게 되었다. 처음엔 시전집詩全集을 내겠다는 제안을 받았으나 나에겐 그런 평가를 받을 만한 자격도 없고 아직 이른 것 같아 출간한 시집 4권 가운데 작품을 추려 시선집詩選集을 발간하기로 하고 미출간한 시집은 남겨 두기로 했다.

이 시선집을 발간하면서 옛 시집의 표현들 가운데 띄어쓰기는 요즘의 기준에 맞추어 조정하고 일부 오탈자도 바로 잡았지만 대부분의 표현은 그대로 두었다. 맞춤법을 포함해 표기법은 그 시대와 밀접한 관계가 있기 때문이다.

시를 50여 년 이상 써 오면서 '시는 무엇이고, 시는 왜 필요한가?'라는 의문점과 궁금증을 지닌 채 지내왔지만 그 해답을 찾지 못한 채 그저 생명의 호흡처럼 시를 써 왔다. 그러다가 <죽은 시인의 사회>라는 영화를 보다가 그 답의 일부를 찾을 수 있었다.

"시를 읽는다는 건, 다른 이유가 없다. 그 사람이 인류의 한 사람이기 때문이다. 게다가 그 인류야말로 열정의 집합체라는 것을 잊지 마라. 의학, 법률, 금융…, 이런 것들은 모두 삶을 유지하기 위해 필요한 것들이다. 그렇다면 시, 낭만, 사랑, 아름다움이 세상에 있는 까닭은 무엇일까? 그건 바로 사람들의 삶의 양식이기 때문이다."

그 영화의 주인공 키팅 선생은 한 편의 시를 낭독하며, 이 시에 나타난 감정을 '카르페디엠Carpe diem'이라고 말한다. '카르페디엠'은 '현재 이 순간에 충실하라.'는 의미의 라틴어이다. 인간의 '자유로운 정신'을 북돋는 이 말이 내게는 시가 사람이 지녀야 할 삶의 자세임을 가리키는 동시에 우리가 시를 읽어야 하는 이유를 일깨우는 것으로 느껴졌다.

나는 그 동안 시를 써 오면서 주로 나의 눈으로 세상을 보고,

그 세상을 나의 감정으로 느끼고, 그 감정을 내가 얘기하는 '서정적
이야기시詩'의 형태와 방식을 고수해 왔다. 극단적으로 서정抒情
을 떠나서는 시가 되지 않는다는 편협한 생각까지 지녀왔다. 그리
고 시인은 사회와 역사를 관찰하고 반영하고 증언하는 역할을 할
때 그 시의 존재 가치가 성립된다고 생각해 왔다. 그런 생각이
생각에 그칠 뿐 내 작품에는 잘 반영되지 않는 것은 내 능력이
부족한 때문이라고 늘 자탄해 왔다.

제1시집 『시간의 바다』(1968)는 등단 이전 습작기의 작품을 모은
것으로, 존재와 인식에 대한 관심과 서정의 세계에 초점을 모은
시집이다. 제2시집 『불의 이야기』(1970)는 한 사람에 대한 나의
관심과 그의 영향으로 이루어진 내 젊은 날의 치열한 서정이 찬란
히 꽃핀 시집이다. 제3시집 『행복한 잠』(1984)은 내가 경험하고
살아온 시대의 역사를 반영하고, 증언하겠다는 의도로 쓴 시집이
다. 더러 개인적인 체험이나 가족사적인 얘기들도 있으나 우리
민족이면 누구나 겪어 온 얘기들을 반영하고 증언하겠다는 자세로
쓴 시집이다. 제4시집 『광화문에 내리는 눈은』(2010)은 제3시집
이후 26년의 공백 끝에 겨우 발간된 시집이다. 그래서 어떤 의도나
일관성이 없고, 그 동안 쓴 시들을 창작 순서대로 모았을 뿐이다.
아직 제5시집을 발간하기에는 원고량이 채워지지 않았으나 언젠
가 발간되리라 믿는다.

인생을 살아오면서 시인으로 살아 왔고 또 살게 하신 나의 하나님께 감사하며 누추한 이 시선집을 발간하기 위해 힘쓴 제자들과 모든 이들에게 고마운 뜻을 전한다.

2017년 12월 말에

김원호

저자 김원호 金源浩

1940년 서울에서 태어났다. 경기중학교와 경기고등학교를 나와 서울대학교 사범대학 국어교육과를 1963년에 졸업했다.

그 뒤 경기고등학교 등에서 교사를 역임했다. 1962년 동아일보 신춘문예에 시 「과수원」으로 당선했고, ≪신춘시≫ 동인, 한국문인협회, 국제 펜 클럽 한국 지부, 한국시인협회 회원으로 활동하고 있다.

1985년 제30회 현대문학상을 수상했다.

저서로 『한국의 명시』, 『현대시 분석노트』, 『고전시가 분석노트』 등이 있고, 시집으로 『시간의 바다』(1968), 『불의 이야기』(1970), 『행복한 잠』(1984), 『광화문에 내리는 눈은』(2010)과 이수익, 조정권과 함께 낸 『장미와 눈물』이 있다.

e-mail: poeticakim1@naver.com

비밀의 집
김원호 시선
ⓒ 김원호, 2018

지은이 ㅣ 김원호
펴낸이 ㅣ 김종수
펴낸곳 ㅣ 서울엠

초판 1쇄 인쇄 ㅣ 2018년 6월 20일
초판 1쇄 발행 ㅣ 2018년 6월 25일

주소 ㅣ 10881 경기도 파주시 광인사길 153 한울시소빌딩 3층
전화 ㅣ 031-955-0655
팩스 ㅣ 031-955-0656
홈페이지 ㅣ www.hanulmplus.kr
등록번호 ㅣ 제406-2003-000053호

Printed in Korea.
ISBN 978-89-7308-167-7 03810 (양장)
978-89-7308-168-4 03810 (반양장)